路过

刘洁 著

中国书籍出版社

图书在版编目(CIP)数据

路过 / 刘洁著. —— 北京：中国书籍出版社，2021.9

ISBN 978-7-5068-8652-9

Ⅰ.①路… Ⅱ.①刘… Ⅲ.①散文集–中国–当代 Ⅳ.①I267

中国版本图书馆 CIP 数据核字(2021)第 177972 号

路　过

刘　洁　著

责任编辑	韩景峰　成晓春
责任印制	孙马飞　马　芝
出版发行	中国书籍出版社
地　　址	北京市丰台区三路居路 97 号(邮编：100073)
电　　话	(010)52257143(总编室)(010)52257140(发行部)
电子邮箱	eo@chinabp.com.cn
经　　销	全国新华书店
印　　刷	成都兴怡包装装潢有限公司
开　　本	880 毫米×1230 毫米　1/32
字　　数	185 千字
印　　张	9
版　　次	2021 年 11 月第 1 版
印　　次	2021 年 11 月第 1 次印刷
书　　号	ISBN 978-7-5068-8652-9
定　　价	68.00 元

版权所有　翻印必究

春天的花蕾
——散文随笔集《路过》序

阎雪君

经历过疫情肆虐的严冬，春天更值得期待。

听说湖北武大的樱花又到开放的时候了，那含苞欲放的花蕾一定有着别样的美丽。正想着武汉的花事，一本散文随笔集与我有缘，虽叫《路过》，却没有路过，映入了我的眼帘。湖北金融作协创联组负责人甘绍群先生向我推荐了这本书，并简要介绍了作者刘洁的创作情况，得知刘洁竟然还是个"80后"，系湖北荆州工行员工。希望我能为这本书写个序，鼓励一下年轻的作家，我欣然应允。

从书稿中看到，此书分为三个部分：上篇"尘世淘沙"，多为感悟随笔，是作者生活态度与人生经历的展示；中篇"水中观花"多为书评、影评等评论性文章，是作者对社会人生的思考；下篇"银海拾贝"多为工作心得，是她在银行工作实践的总结与提炼。从其文章中可以看得出，刘洁是一个爱读书、善思考的银行职员，难能可贵的。

一本书就是一座通往人们心灵的桥梁。透过《路过》这本书，我看到了作者写作的初心、成长与收获。

路　过

　　首先，刘洁写作的初心是很透彻、明朗的。她是 2019 年加入中国金融作协的会员，去年因疫情尚未组织对这批新会员的培训，还不认识。但我听说她对写作情有独钟，常年坚持写作，并有自己独到的见解，这一点在她书中的一些文章中就有描述，如《让写作丰盈人生》《一片静好的地方》《写作的价值》等。她认为，坚持写作是良好的个人习惯，能够陶冶情操，锤炼意志，巩固知识。她说，在世事纷扰中静心地写作是种修行。打坐，抚卷，思考，冥想，行文，或反思自省，或净化心灵，或开启心智。作者的德行缭绕于字里行间，是在复原能力，是在洗礼生命，也是在回归灵魂。在硬朗灰暗的现实峭壁后面，作者在感受并传递那个波澜不惊的美丽世界。写作反映了性情，有时也会成为一股力量。当然，坚持写作并不是件容易的事，难免会碰到一些阻碍。但若迎难而上，淬炼重生便见光芒万丈。如果把用好笔杆当作一种觉悟、一种责任、一种追求，则能在实践中耕种收获，从而丰盈自己的人生。这些独到的想法就是她创作的初心与动力吧。

　　其次，刘洁的写作是坚韧且持久的。正因为作者找到了写作与心灵的契合点，才让她感受到了写作带给自己心灵的愉悦，她一步一步走来，建有个人的微信公众号"阅品坊"、今日头条"阅品坊"，并视为个人心灵的栖息地。她是荆州分行员工写作兴趣小组的骨干成员，后来又加入到地方作协，更多了一些与文学的机缘。而真正让刘洁把写作与文学结合起来向前走的，据作者自己说，是结缘于《青年文学》杂志主编张菁女士的一场文学讲座。授课老师有着对写作质朴而又纯粹的热爱，对文学广博而又深厚的功底，对生活高端而又深刻的领悟。张女士娓娓道来自己的读书、写作与编辑感悟。凭着热忱、博学与智慧，张菁老师让文学呈现出千姿百态的魅力，文字的厚重之美扑面而来，带给她很多关于写作的启迪。写作须心怀热爱，得厚积薄发，需展示美感。写作的灵感也许是历经困苦后的优雅和高贵，也许是透过枯燥后的高尚精神，也许是穿越黑暗后的光明和希望，也许是选择放下后的爱与包容，也许是广博学识后的高度提炼。正如海德格尔所说，人要诗意地栖居在大地上。抬头时观云，低首时看路，于写中思。生活是浊重的，写作的人就是在其中采集阳光。据说，她主编内部小刊《四月风》（电子版），得到了大家的赞誉，把自己采集的阳光分享给更多人。

一位民间手艺人说过，"上层文化如流水，民间才是河床，稳定且生生不息。"所以，刘洁注重阅览人生这部大书，用文字记录她走过的路、见过的人、经过的事，将一路的故事、心情与思考汇集成此书。她的成长与收获，在很大程度上，就是在写中重新发现生活，从而更准确地理解生活。

生活不是一场赛跑，而是一次旅行。刘洁选择记录世界的方式是写作，而她的写作如同旅行一样，让我们看到了她笔下的世界及身边的事和人。她写游记类文章，如《魅力荆州水》描绘家乡的景色，"润万物者莫润乎水"，写出了荆州古城的特点；《传承并发扬井冈山精神》记录了一次井冈山红色之旅，充满正能量；《从摄影技巧悟学习之道》写蓝星岛之游的收获，在同事交流摄影技巧时悟学习方法，可见其每一次旅行都在丰富自己的写作。她擅写身边的事，疫情期间，她积极参与总行的征文活动，封城宅家时，拿起笔以《危难时刻的坚守》展示了工行人在危难时刻挺身而出、齐心战疫的英雄事迹，被总行采用后并发表于《金融时报》；写身边的人，如

《孤独的春节》里甘于奉献的同事；写自己的小爱好，如《画兰与画荷》《写字》等文章，看到了她的多才多艺；还会写手边的可爱之物，以《笔》表达个人的小心情等。她爱读书，写读后感和书评更是常事，如读曾国藩家书写《从曾国藩家书中看修身》、读诸葛亮《诫子书》写《宁静致远》、读《活出生命的意义》写《逆境中的宝藏》、读《整理家，整理亲密关系》写《春天的一场整理》等。她观影后写了大量影评，如《爱与尊重》《使命必达》等。她对自己亲历有意义的事更是不忘落笔以记，如《采集生活的阳光》《难忘的会议》《过年与过关》等。

她就是这样徜徉在写作中，同事称之为一个能"静心写作的女子"。因为静心，写作更多地促使她去思考。"粗缯大布裹生涯，腹有诗书气自华"。在大量阅读与写作的过程中，作者通过参悟别人思想，进而建立起自己的框架。写作有利于澄清思维，在工作领域中是很好的归纳总结方式，她写工作重难点与工作感悟，如《价值在岗位中》等。她也会思考生活，生活处处皆学问，书写是一种自我教育、主动反省的工具。她写《观鸟的遐想》对疫情的历史进行反思；写《人生如食》提炼生活百味；写《情绪与健康》强调健康的重要性；写《寻绘本记》思考育儿困惑；写《密码在守护》探寻密码在生活中的作用等。她还学习哲学，以提高自己的精神状态和心理素质，从而看到世界上更广阔的领域、更深刻的奥秘，进而感受到一种心旷神怡的心灵自由。

写作是繁荣后的真诚，孤独中的解药，危难时的避所，慰人心灵。她用文字自我表达，借由文字来抒怀：当看到微信上博眼球但缺少内涵的文章时，她写下《读物不是快餐》；见证女儿在平衡车比赛中的卓越表现，写下思考比赛的意义与价值的《战胜自己》；怀着对逆行人的担忧，她写《致逆行的你》；感叹时间的流逝，她写《建立并遵守自己的时区》等。她也用文字疗愈创伤，运用书写来表达自己的内心，可以减轻压力，缓解负面情绪，提升身心健康。父亲去世后，她沉湎于丧亲之痛无法自拔，一次次地对自己灵魂进行拷问，写下《致父亲》《生命的守护》《又见冬至》《父亲为我选专业》等。在日常生活中遇到了烦心事，她写《"四不"小和尚》《成就觉悟的智慧》等，时刻提醒自己"热闹场中作道场"。她还用文字享受精神盛宴，写作带给她自由，就像翅膀让鸟儿飞翔。她享受东方文明，读荀子《劝学》写《勤勉好学》；也享受西方文明，读马可·奥勒留《沉思录》后写《人生智慧的结晶》。

刘洁坚持写作源于热爱。热爱之所以有力量，就在于一如既往地坚守，不去想会有什么结果。正是由于写作者旺盛的求知欲和创造性，阅读世界才呈现出无限的可能和延展性。于是，我想到了艾米莉·狄金森的那首《在绽放中成为自我》：

　　一朵花在绽放中成为自我
　　不经意的一瞥
　　又怎能参透
　　成长的奥秘
　　为了光明的伟业
　　如此婉转曲折
　　然后像蝴蝶一样

路 过

    抵达生命的顶点
    呵护花蕾，抵御虫扰
    汲取雨露滋润
    防热，避风
    躲开窥视的蜜蜂
    大自然不会失望
    静候这一天，她的日子
    成为一朵花
    是深邃的使命

    春路雨添花，花动一山春色。刘洁是位年轻而有前途的作家，带着理想一路走过，我仿佛看到了，刘洁宛如文学丛中一朵春天的花蕾，正在晨风中含苞待放，肩负起成为一朵花的使命，期盼像武大樱花那样绽放！

    是为序。

2021 年 3 月 26 日
于北京金融街
中国银保监会大厦

（作者为中国作协全委会委员、中国金融作协主席、中国金融文联副主席）

目　录

春天的花蕾　　　　　　　　　　　　阎雪君　1

上篇　尘世淘沙

让写作丰盈人生　　　　　　　　　　　　　2
一片静好的地方　　　　　　　　　　　　　5
写作的价值　　　　　　　　　　　　　　　7
读物不是快餐　　　　　　　　　　　　　 16
情绪与健康　　　　　　　　　　　　　　 19
"四不"小和尚　　　　　　　　　　　　　 22
成就觉悟的智慧　　　　　　　　　　　　 24
笔　　　　　　　　　　　　　　　　　　 26
写　字　　　　　　　　　　　　　　　　 29
画兰与画荷　　　　　　　　　　　　　　 31
魅力荆州水　　　　　　　　　　　　　　 33
传承并发扬井冈山精神　　　　　　　　　 37
从摄影技巧悟学习之道　　　　　　　　　 40
做事的三层境界　　　　　　　　　　　　 44

路　过

父亲为我选专业	46
又见冬至	49
生命的守护	53
致父亲	62
战胜自己	66
寻绘本记	70
时间资本	72
建立并遵守自己的时区	74
品年味	77
致逆行的你	80
致不回家过年的孩子	86
过年与过关	91

中篇　水中观花

好好生活	100
人生如食	104
爱与尊重	113
人生的底色	118
度　人	123
使命必达	126
专情于此船	130
不要相信别人贴的"标签"	135
正义不闭眼	141

目 录

挚 友	143
活出真我	145
不要放弃那条稀疏小路	147
唤醒内心的春天	150
逆境中的宝藏	152
从曾国藩家书中看修身	157
春天的一场整理	161
未来由自己创造	165
人生智慧的结晶	169
用劳动铸造梦想	176
密码在守护	179
读《千字文》随感	182
宁静致远	184
勤勉好学	186
难忘的会议	188
采集生活的阳光	192
观鸟的遐想	197
党是我心中永远的丰碑	202

下篇　银海拾贝

价值在岗位中	208
信贷工作人员需怀"三心"	214
念好信贷作业监督的"四字经"	216

路过

科技改变工作	218
提供卓越金融服务之我见	220
志存高远 脚踏实地 在实践工作中锻炼成长	224
一个不同寻常的春节	228
沉甸甸的收款凭证	231
用信贷连接孤岛	234
危难时刻的坚守	238
学会珍惜	241
法律是自由的边界	243
合规与守法	246

后 记

251

上篇

尘世淘沙

路 过

让写作丰盈人生[①]

安妮·弗朗索瓦《读书年代》一书的末页有句话:告诉我你读了什么,我就告诉你,你是谁。而现在我想说,作品就是个人名片,告诉我你写了什么,我就告诉你,你是谁。一篇好文章就是一件艺术品,或使人愉悦,或给人启示,或令人感动,或传播智慧,甚至会成为一座通向人们心灵的桥梁。我认为,坚持写作是良好的个人习惯,能够陶冶情操,能够锤炼意志,能够巩固知识,从而丰盈自己的人生。

写作反映了性情。著名作家海明威说,"小说中的人物不是靠技巧编造出来的角色,他们必须出自作者自己经过消化了的经验,出自他的知识,出自他的内心,出自一切他身上的东西。"文如其人,一个人的作品在某种意义上就是他的自传——关于他的经历,关于他的价值观,关于他的艺术修养,关于他归属的灵魂。独特笔锋会令作品卓尔不群:有人写作仿佛长江之水一泻千里,让人读来心潮澎拜;有的文章则如小溪之中的潺潺流水,使人心旷神怡。热爱写作的人一定是热爱生活的人,因为艺术源于生活而又高于生活。写作是一股力量。王西冀在《公文写作》中总结了三种重要的领导方式:

[①] 本文原载于 2018 年 4 月 12 日微信公众号"阅品坊",署名:哲子。

"战争和革命似的，用枪杆子；宣传鼓动似的，用集会演讲；其他的用笔。而且，前两者也离不开笔。"写作这种能力在特定的时期会形成一股强大的力量。由陈独秀主编的《新青年》是在20世纪20年代中国一份具有影响力的革命杂志，十月革命后，该杂志成为五四运动的号角，成为宣传马列主义、宣传反帝反封建思想的阵地。正如英国的巴伦·利顿所说，在强权统治下，笔是一种比剑更有威力的武器。

写作须厚积薄发。写作之道，善于积累是重要的一条。综观古今中外发展史，大凡在写作上大有作为的人，无一不是重视资料积累的。马克思为写《资本论》，花了40年的时间，阅读和摘抄了1500多种书籍，写下了至少有100多本读书笔记。我国气象学家竺可桢，从开始研究气象科学之日起，就坚持每天测试和记录天气情况，几十年时间，记了40本日记，他一生发表的气象学论文，所用的资料就是从日记本中摘录出来的。平常多读、多学、多积累，写作时就不会成为无本之木、无源之水。

写作要善于观察。一个善于观察的人会从生活的点滴、工作的细节中发现无限哲思。有人从厨房的菜品中悟出相处之道，"盐是诙谐之人、辣椒是尖刻之人、鱼是沉闷之人，而他们组合在一起，就成了一个社会"；也有人从劈柴的过程中领悟出读书做事的要诀，"读书不能尽选些软熟轻松的东西来读，做事也不能畏避困难棘手的问题，攻坚才有成就感"。同时，写文章也需要用敏锐的头脑去捕捉身边的素材，一项工作、一次经历、一场培训、一本书籍甚至是一个灵感都可以成为写作的源头。

写作得讲究方法。除了选准主题、构架提纲、合理布局等基本

路 过

技巧外，笔者认为简洁明了是行文的重要要求。俄国作家列夫·托尔斯泰曾这样表述："应该毫不惋惜地删去一切含糊、冗长、不恰当的地方，总之，删去一切不能令人满意的地方，即使它们本身是很不错的。"文体不同，所用的方法也会不同：如果写公文或报告，需持严谨的态度，力求严肃、精确；如果是感悟或散文，则要体现真诚的魅力，可以生动或抒情。如果把用好笔杆当作一种觉悟、一种责任、一种追求，则能在实践中耕种收获，让写作丰盈人生！

一爿静好的地方[①]

有一个静好的地方，名叫"阅品坊"。它追寻智慧，感悟幸福，传播真善美。

在世事纷扰中静心地读书与写作是种修行。打坐，抚卷，思考，冥想，行文，或反思自省，或净化心灵，或开启心智。原来，在硬朗灰暗的现实峭壁后面，有个波澜不惊的美丽世界。

它会阅读有益有趣的书籍。有时，读些哲学类的"无用"之书。"无用之用"的力量不可比拟，也许是徘徊脚步的指明灯，也许是澎湃心潮的定海神针，也许是精神世界的图腾。有时，读些修身励志的书。"修身、齐家、治国、平天下"是有志之士的理想，自我修身永远排在第一位。偶尔，也会读些关于生活美学的书。存在于在这个世界上，得善于发现、挖掘生活的美。意大利文学家安伯托·艾柯说："不读书的人只过了一生，读书的人过着5000种生活。"通过阅读，开阔、加厚自己的生命。

它也阅览人生这部大书。记得一位民间手艺人说过，"上层文化如流水，民间才是河床，稳定且生生不息。"为了多方位感受生活，

[①] 本文是对作者个人微信公众号"阅品坊"的介绍，原载于2018年4月23日微信公众号"阅品坊"，署名：哲子。

路　过

她会外出旅行、观看一些小电影或留意身边小事。身体或灵魂总有一个要在路上，有空不妨体验说走就走的旅行。拓宽自己人生阅历的另一个途径是观影，一场高质量的电影是浓缩的他人故事。人生如茶，时沉时浮。心态要学饮茶人，拿得起，放得下。历经生活的点滴，总会有所收获，及时反思、考量、总结。

通过这里，认识自己。苏格拉底引用镌刻在德尔菲神庙门前的箴言来号召人们："人啊，要认识你自己。"多方位阅读，叩问内心，找到适合自己的路。

通过这里，战胜自己。卡尔维诺说，"你用刀刃在纸张中开路，犹如用思想在文字中开路，因为阅读就像在密林中前进。"在思考中反省，与自己的弱点开战。

通过这里，成为自己。读书的重要意义就是慢慢地、悄悄地成为自己。正如赫尔曼·黑塞所说，"这世界上的任何书籍都不能带给你好运，但是它们能让你悄悄成为你自己。"

《列子·汤问》中有高山流水遇知音的故事。"高山流水遇知音，彩云追月得知己"。阅品坊希望勤读、勤思、勤写，守护心中那片静好地，遇见相知相通的人。

写作的价值[①]

——记我和网讯的故事

网讯，工行的写作园地，我的精神生活栖息沃土。在这里，读着，写着，我仿佛徜徉在一片丰富的思想密林中。厚重的人生与对生活的好奇，轻描淡写地藏在一字一句里。"上苍给了我们生命，我们用奉献去拥抱"。在网讯写作这条路上，我回头有一路的故事，低头有坚定的脚步，抬头有清晰的远方。

记 录

写作者就是记录者，记录具有无可比拟的作用。《读书的力量》上说："在人类文明史上，有几位思想巨人，同样没有留下自己的亲笔著作，而承载他们思想观念的书籍，却又分别产生了巨大的影响力。这就是记录孔子思想的《论语》、记录苏格拉底思想行为的《对话录》和描述耶稣言行的《福音书》。可以说，那些及时记录他们思想言行的学生和门徒与这些巨人具有同等伟大的文明贡献。没有他们以书籍的形态及时传承，伟大的思想和人格就可能昙花一现，文

[①] 本文原载于2020年10月30日微信公众号"阅品坊"，署名：哲子。

明的火种就可能再一次熄灭于历史的漫漫长夜之中。"

生活不是一场赛跑,而是一次旅行。在人生旅途中,有人习惯用相机记录,有人擅长用画笔记录,有人愿意用雕刻记录,而有人喜欢用文字记录。例如,《清明上河图》为中国十大传世名画之一,它用绘制的方法记录了"城郭市桥屋庐、草树马牛驴驼",让后人领略到舟船往复、店铺林立、人烟稠密的繁华景象,这被英国思想家约翰·霍布森盛赞为世界"第一次工业奇迹"。又如,苏格拉底一生述而不作,后人关于他的思想言行,主要是通过他的两个学生——克塞诺芬尼和柏拉图的记载而得知。前者侧重于记录苏格拉底的生平事迹,后者则更多地转述了苏格拉底的思想。而我选择的记录世界的方式也是写作,我会用文字记录我走过的路,见过的人,经过的事。

记天地。培根在《论读书》中说:"用书之智不在书中,而在书外,全凭观察所得。"旅行是在阅览天地,解放身心,参悟迷雾,而记录则发挥了存储的功能。《马可·波罗游记》是我喜欢的游记之一,它是一部关于亚洲的游记,文中以大量的篇章描述了中国的富庶和繁华。这本书打开了中古时代欧洲人的地理视野,也有助于欧洲人冲开中世纪的黑暗,走向近代文明。我也尝试写游记类网讯,如《魅力荆州水》描绘家乡的景色,"润万物者莫润乎水";《传承并发扬井冈山精神》记录那次井冈山红色之旅;《从摄影技巧悟学习之道》记游蓝星岛收获;《行走的意义》写湘西之行的所见所闻、所思所想等等。

记众生。很多著名作家都擅长记录周遭的人物与生活。斯托夫人基于奴隶的悲惨遭遇写下《汤姆叔叔的小屋》一书,为美国废奴运动赢得了数百万同情者和支持者。高尔基在生活的"烂泥塘"里抗争，相继写出了描述底层劳动者和革命战士生活与心灵纠葛的《小市民》《母亲》《童年》《在人间》《我的大学》等小说，成为俄国现实主义文学的奠基人。汪曾祺也有很多纪实作品，如《人间草木》《人间有味》《人间有趣》等，无不参透着作家对世间万物的喜悲之心。我会写身边的事，如《危难时刻的坚守》描写工行人团结抗疫；写身边的人，如《孤独的春节》写乐于奉献的同事；写自己的小爱好，如《画兰》《画荷》《写字》等；还会写手边的可爱之物，如《笔》《小米之味》《一爿静好的地方》等。

记自己。尼采在《善恶的彼岸》中说，所谓高贵的灵魂，即对自己怀有敬畏之心。记录自己的故事会给读者带来感动、激励或启迪。在浩瀚书海中，有记录本人经历的传记文学，如《华盛顿传》；也有记自己家训的，如钱氏先祖五代十国时期吴越国王钱镠留给子孙的精神遗产《钱氏家训》。我读书后写书评，如读曾国藩家书写《从曾国藩家书中看修身》、读诸葛亮《诫子书》写《宁静致远》、读《活出生命的意义》写《逆境中的宝藏》、读《整理家，整理亲密关系》写《春天的一场整理》。我观影后写影评，如《坚守初心砥砺奋进》《爱与尊重》《使命必达》《专情于此船》《挚友》《活出真我》《不要相信别人贴的"标签"》《正义不闭眼》等；我还会写亲历的有意义的事，如《采集生活的阳光》《难忘的会议》《清明的意义》《过年与过关》等。

思　考

写作促使我去思考，这是一个极大的价值。怎样思考？为了写

路　过

作的厚度，必须在书籍的海洋中思考。没有可怕的深度，就没有美丽的水面。"粗缯大布裹生涯，腹有诗书气自华"。阅读与写作其实是一个事物的两个方面，前者是输入，后者为输出。经由思考的桥梁，它们互相辅佐，互相成就。在饱览群书中，我惊叹于各个文明出现的伟大的精神导师——古希腊的苏格拉底、柏拉图、亚里士多德、中国的孔子、老子……他们提出的思想原则塑造了不同的文化板块，描绘了不同的精神底色。一些畅销千年、风行全球的优秀书籍更从多维度提供了无与伦比的不朽价值，人们从中可以得到启发开悟，获取灵感的源泉。例如，《论语》是儒家思想的经典之作，北宋政治家赵普曾有"半部《论语》治天下"之说。又如，高居世界畅销书排行榜首位的《圣经》提供了文学、哲学、历史、伦理、社会等方面的营养，似一部取之不尽、用之不竭的宝藏。史蒂芬·金说，"如果你想成为作家，你一定要遵守多阅读及常写作这两项原则。阅读是检测自己和所谓的佳作或经典之间的距离，并尽可能要求自己达到相同的境界；阅读也是体验不同写作风格的一种方式。"在大量阅读与写作的过程中，作者通过参悟别人思想，进而建立起自己的框架。

我会思考工作。写作有利于澄清思维，在工作领域中是很好的归纳总结方式，对学习力和创造力有促进作用。我写工作重难点，如《荆州分行多举措促信贷资产质量明显提升》《荆州分行三项措施加强法人客户信贷档案管理》等；还写工作感悟，如《价值在岗位中》《信贷工作人员需怀"三心"》等。更多的时候，我会把法律专业知识与思路带入到金融工作中，综合整理成网讯，如《对非法人组织承担民事责任方式的思考》《对加强法人变更登记调查的思考》等。

  我也会思考生活。生活处处皆学问，而书写是一种自我教育、主动反省的工具。人们通过谈论、思考接触到的事实和理论，基于个人经历背景去书写相关的文字素材，将会对吸收知识起到有效作用。我写思考生活的网讯，如写《观鸟的遐想》对疫情的历史进行反思；写《对夫妻间家事代理的思考》梳理夫妻间家事代理的范围；写《人生如食》《提升生活品质的方法》等提炼生活百味；写《情绪与健康》强调健康的重要性、写《不要放弃那条稀疏小路》明确十字路口间的目标选择；写《我为孩子读童谣》《寻绘本记》《保护孩子的财产》《对孩子读幼儿园期间监护问题的思考》思考育儿困惑；写《密码在守护》探寻密码在生活中的作用等。

  我还会思考一些"无用"的东西，例如哲学。哲学并不能带来任何实际物质利益。对于物质匮乏的诘问，苏格拉底回答："你好像认为幸福就是物质，在于财富的积累，在于华丽衣服，奢侈的食物，但是我却认为真正的幸福在于心灵的无所欲求，人的欲求越少越接近神仙的生活，我追求的恰恰是这方面的满足。"学习哲学的目的是"学以致知"，即为了获得知识、改变自身，而不在乎功用。与其他学科相比，哲学是纯粹无邪的，这是我喜爱哲学的原因。学习哲学可以提高自己的精神状态和心理素质，从而看到世界上更广阔的领域、更深刻的奥秘，进而感受到一种心旷神怡的快乐和幸福以及心灵的自由。用哲学的素养面对生活的悲剧，就会有一种超脱的姿态和深邃的睿智，甚至会获得一些深刻的启示。哲学的"无用之用"的威力是不可比拟的，也许是徘徊脚步的指明灯，也许是澎湃心潮的定海神针，也许是精神世界的图腾。我也会写些学习哲学的思考

路　过

心得，如《明德的阶梯》《对正义的思考》《法是什么》《美德即知识》《以死为生》《认识你自己》《浅思黑格尔与存在主义》《苍茫自然》《法律是自由的边界》等。

慰　藉

　　人生如逆旅，我亦是行人。罗曼·罗兰说，"世界上只有一种英雄主义，就是看清生活的真相之后依然热爱生活。"写作是繁荣后的真诚，孤独中的解药，危难时的避所，慰人心灵。

　　自我表达。西方的社会学家马斯洛提出过人的"五大需求"，即生理需要、安全需要、归属和爱的需要、尊重的需要、自我实现的需要。他提出，如果我们的基本需要，比如食物、性和安全都被满足，那么就会有种强烈的表达自己的驱动力。而书写是一种基本的自我表达方式。表达情绪的力量被心理学家所重视。在正确的表述下，书写能够提高人们的自我效能感、对情绪的掌控和对于健康及幸福的净实现效应，进而加强解决现实问题的能力。表露能够迫使我们对事件进行重新思考、理解、放下。人们在经历重大矛盾时往往会创作出伟大的文学作品，这些作品都在表达着作者们的心理恐惧和创伤，例如尤金·奥尼尔的《进入黑夜的漫长旅行》、西尔维娅·普拉斯的《钟形罩》、谢莉尔·斯瑞德的《涉足荒野》等。而我在有强烈情感时也借由文字来表达：当看到微信上博眼球但缺少内涵的文章时，我气愤地写下《读物不是快餐》；见证女儿在平衡车比赛中的卓越表现，我兴奋难耐，写下思考比赛的意义与价值的《战胜自己》；受到写作的滋润和营养，我写《让写作丰盈人生》；

怀着对逆行的爱人的担忧，我写《致逆行的爱人》发表于总行网讯"'战疫'手记"栏目；感叹时间的流逝，我写《建立并遵守自己的时区》；感恩新生命，我写诗《赞颂》等。

疗愈创伤。海德格尔说，"人生就是学校。在那里，与其是幸福，毋宁是不幸才是好的教师。因为生存是在深渊的孤独里。"写作可以让一个人学会如何利用和品尝他的孤独。诉说创伤是人类的一种自然反应。写出创伤的首要价值在于宣泄，然后从中获得对创伤困境原因的洞察并获得潜在可能的疗愈之道。运用书写来表达自己的内心，可以减轻压力，缓解负面情绪，提升身心健康。父亲去世后，我沉湎于丧亲之痛无法自拔，一次次地对自己灵魂进行拷问，写下《致父亲》《生命的守护》《又见冬至》《父亲为我选专业》等。有读者在文章的评论区写道：感人至深！在日常生活中遇到了烦心事，我写下《"四不"小和尚》《成就觉悟的智慧》《放下》等，时刻提醒自己"热闹场中作道场"。

享受盛宴。这里的盛宴是指精神盛宴。德国哲学家郝尔德在《另一种历史哲学》中说，"每一种文明都有自己独特的精神——它的民族精神。这种精神创造一切，理解一切。"文字，承载着这种精神，它让智慧的涓涓细流汇成了一泻千里的奔腾江河。人类之所以能够进步，靠的就是能读书又能写作的本领。因为写作者旺盛的求知欲和创造性，阅读世界才呈现出无限的可能和延展性。《肖申克的救赎》中说，"你知道，有些鸟儿是注定不会被关在牢笼里的，它们的每一片羽毛都闪耀着自由的光辉。"写作带给我自由，就像翅膀让鸟儿飞翔。我看到，身处地球两端的东方与西方文明如太极图中的阴鱼和阳鱼一般，既色泽鲜明，又相依共生。我享受东方文明，读

路　过

《淮南子》后写《君子若兰》，读《孟子》后写《甘从苦中来》，读荀子《劝学》写《勤勉好学》。我也享受西方文明，读《爱默生的极简智慧》后写《谈读书方法》，读马可·奥勒留《沉思录》后写《起舞，于此生》《习得美德和品格》等读书总结，读赫拉克利特哲学思想后写《赫拉克利特辩证思想的启示》，读尼采哲学后写《无悔人生》……

　　网讯之于我，亦师亦友。承蒙网讯编辑老师们的厚爱，我的多篇网讯被加精发表，如《魅力荆州水》《好好生活》《做事的三层境界》《人生如食》《笔》等；也有网讯被评为年度优秀信息，如《湖北荆州分行多方位开展个贷业务营销取得实效》《湖北荆州分行个贷抵押办证风险管理排名全省第一的主要做法》等；还有些网讯被发表于外部刊物，如《危难时刻的坚守》发表于《金融时报》《时间资本》被发表于《中国城市金融》《魅力荆州水》发表于《荆州日报》《生命的守护》发表于《沙市文学》《用信贷连接孤岛》发表于中国金融出版社出版的《平凡的英雄》《给逆行的你的一封信》被推荐至中国文艺志愿服务数字博物馆、《逆境中的宝藏》发表于"金融文坛"微信公众号、《采集生活的阳光》发表于"金融作协"微信公众号等等。有几次，我接到了外省工行同事的电话。他们都是通过网讯平台认识了我，有的向我咨询业务，有的和我讨论文学。原来，网讯还起到了连接来自五湖四海的工行写作爱好者的作用呢。收获和成长，来源于坚持不懈地努力。经由网讯的熏陶与磨砺，我竟幸运地加入了中国金融作家协会。

　　"修合无人见，存心有天知。"写作是场修行，作者的德行缭绕于字里行间，是在复原能力，是在洗礼生命，也是在回归灵魂。为什么我坚持写网讯？因为热爱。热爱之所以有力量，就在于一如既往地坚守，而永远不去想会有什么结果。拿起笔，透过眼睛，经由彼此的心灵，我们一起去感动。写作的艺术，在很大程度上，就是在写中重新发现生活，从而更准确地理解生活。写作赐予我的价值，始于记录，行于思考，终于慰藉。"每一个不曾起舞的日子，都是对生命的辜负。"写作，贵在有志、有识、有恒。在写作这条路上，我会以求真的态度做踏实的功夫，不驰于空想，不骛于虚声，忠于自我，忠于内心。

路 过

读物不是快餐[1]

如今进入刷屏时代，各种新媒体上出现海量文章。有些文章随大流趣味，夸夸其谈，笑料百出。有人热衷于触屏浏览这类文章，觉得便捷、舒适，不用花费脑筋，满足了一时的视听瞬间刺激。这些缺乏推敲的文章恰似繁忙生活中的快餐，得来容易，但相对浅薄，没有太大的文化营养，容易使人懒惰、空虚。打造这种"快餐文"的背后原因无非是想博眼球、刷流量、赚外快，急功近利，浮躁浅显。而读或写厚重的经典需要用心研读、切磋、揣摩，得经历一番苦思冥想、努力探究的"痛苦"，求真求深的道路并不容易。写快餐文的人未加思索，想说就写；而打造优质文的人是经过深思熟虑、历练打磨后有话要说。苏格拉底说，"这个世界上有两种人，一种是快乐的猪，一种是痛苦的人。做痛苦的人，不做快乐的猪。"这位哲学家其实是想推崇深刻思考、勤奋探索的价值与意义。

读写"快餐文"的心态大概是懒惰、从众、求利。一是懒惰。懒惰是人的天性。大卫·休谟说："当我们专注地研究人类生活的空虚，并考虑荣华富贵空幻无常时，也许我们正在阿谀逢迎自己懒惰的天性。"但要得到高处的阳光，就得把根扎向黑暗的地底。二是从

---

[1] 本文原载于2019年5月15日微信公众号"阅品坊"，署名：哲子。

众。有人习惯简单排队，在意别人如何看待自己，这样就丧失了独处思考的能力。叔本华说，"一个人只有在独处时才能成为自己。谁要是不爱独处，那他就不爱自己，因为一个人只有在独处时才是真正自由的。"三是求利心态。有人写"快餐文"的目的很简单，即写稿变现。基于此，他们只揣摩"爆文"的外表包装，对其内容优劣并不深究。但我觉得写作的首要目标应该是追求文章的美好意义与优质内涵，其他问题均为附属物。正如卢梭所说，"当一个人一心一意做好事情的时候，他最终是必然会成功的。"

对自己的作品负责，是一位好作家的基本态度。作者是其作品的第一读者，写完文章后，作者自己得先读几遍。如果文章得不到自己的认可、喜爱，经不起自己的推敲，连自己都无法感动，那就没必要给别人看了。作家威廉·福克纳谈到自己的作品标准时说，当我在阅读自己作品时的感觉，与我读《圣·安东尼的诱惑》或者《旧约》所感受到的是一样的。它们让我感觉良好，就像看鸟会让我觉得开心。读来自我感觉好，这是对自己作品的尊重，也是对读者受众的尊重。

"人当诗意地栖居。"写文字到底要表达什么？应该是对阅历的体悟和提炼，对经典的品味和洞见，对学术的思考与研究。"学而不思则罔，思而不学则殆"。经过思虑与沉积，人生答案，尽在文字里。"那是一棵树动摇另一棵树，一朵云推动另一朵云，一个灵魂唤醒另一个灵魂"。有些作品如酒似茶，经受过陈酿，品得出滋味，如鲁迅的《呐喊》、沈从文的《边城》、张爱玲的《半生缘》等。苏格拉底说，"未经审视的人生不值得度过"。同样，未经考究的作品不值得呈现。有些思想巨擘的写作目标更加博大宏伟，历程更为艰辛困

路　过

苦，成果更加辉煌璀璨。马克思在青年时代就立下了誓言：为无产阶级和全人类的解放事业而战。尽管经受生活贫苦、政治迫害、四处流亡等生存困境，他仍在大英博物馆埋头苦读数年，专注撰写揭露资本主义罪恶的皇皇巨著《资本论》，为工人阶级和进步人类创造了宝贵的精神财富。恩格斯在谈到这部著作时说："每一个字都贵似金玉。"为承担起社会使命，这些思想宣传者坐得下冷板凳，经得住清贫，受得了苦难，抛开个人名利，在生存的艰辛中为用笔而战。正如尼采所言，一个人知道自己为什么而活，就可以忍受任何一种生活。

　　写作者想尽其所能去表达自己所信奉的一切，关键是，是打造一份廉价低能的可替代物，还是进行真正的思考。"腹有诗书气自华，读书深处意气平"中的"书"应该不会指刷屏浏览的快餐文，而是指厚重深刻的优质经典。生活的价值在于自己的选择。我决意远离快餐般的读物，选择优质深度好文。不是美的，不读；不是好的，不爱。

情绪与健康[1]

最近，我接连得知亲友生病的消息，心中不免沉重。向医生询问病因，他们也无法给出明确的答案。于是，我想到了被历代医家视为圭臬、奉为经典的《黄帝内经》。向中华民族的传统文化求教，应该可以从中找到些许关联。病从何来？《黄帝内经》告诉我，从生活中的情绪来。

《黄帝内经》分析了让人生病的因素，无外乎内外两种。一是从外面产生。我们从外面感受到的环境中的一些气候变化可能致病，即"外感六邪"，风、寒、暑、湿、燥、火。二是从内部瓦解。人们自己心里产生的各种情绪可能致病，即"内伤七情"，喜、怒、忧、思、悲、恐、惊。据此，《黄帝内经》有一句经典养生总结："虚邪贼风、避之有时；恬淡虚无、真气从来；精神内守、病安从来。"人们得避开气候变化的时段，做好早春防风、冬天防寒等措施。更重要的是，我们需保持内心的恬淡，情绪不做过多的波动，把一切看得相对虚无一些，内在的真气、气血运行才是从顺的。顺则通，通则不痛。所以，我们一定要调畅自己的情绪。相比于应对外部的气候，掌控内部的情绪更难。

---

[1] 本文原载于 2020 年 9 月 29 日微信公众号"阅品坊"，署名：哲子。

路　过

　　中医在几千年的传承上是特别强调心理学的，中国人独有的中医心理学重视身心互为，认为身体与心灵之间是相互影响的。我们动一个情绪就会损伤到身体的一个层面或者一个内脏，这就产生了情绪的损伤。负面情绪多了，则会导致生病。如果想保持身体的健康，务必要做好情绪的养生，这是几千年前中国的古代医学家们就已经深刻认识到的。

　　一部《黄帝内经》是我们人与自然界和谐相处的指导全书，更是我们自己调节情绪的心理百科。它告诉我们，喜、怒、忧、思、恐这五种情绪对应着人的五脏。哪种情绪没有管理好，就会伤到哪个内脏。

　　喜伤心。这里的"喜"是指大喜，即过度的喜。古人说人生有四大喜事：洞房花烛夜、金榜题名时、久旱逢甘露、他乡遇故知。但凡遇到喜事时，注意控制情绪，不要太激动、太兴奋。现实中，有老人在打牌时忽然和牌，就心率加快，血压升高，当时就晕过去了。

　　怒伤肝。爱发怒的人肝火旺，容易伤肝。我们的肝如今已经有不能承受之重：熬夜伤肝、工作压力大伤肝、身心疲惫伤肝、不开心伤肝、酗酒伤肝、老发脾气又伤肝。肝开窍于目，肝不好会导致眼睛干涩、口干、口苦等，因此，我们要少发点儿脾气来保养肝。

　　忧伤肺。忧和悲属于一类。到了秋天，万物凋零，有人触景生情，容易产生悲秋的情绪。秋天是要养肺的。在四大名著里面有个典型的忧伤派代表——林黛玉。黛玉葬花，悲切切。最终她咳血而死，这就是肺痨。两年前，我的父亲去世。我妈沉湎于此事的忧伤、悲痛中不能自拔，终究伤了肺。因此，为了此刻的好时光，要试着从往事的痛苦中走出来。

　　思伤脾。这里的思虑，是指过度的思考。不该我们想的时候还去想，这属思虑过重。本来不属于我们的东西还想要，这也是思虑过重。有时，相思也是一种病，思念有说不出的滋味，人会思到茶不思饭不想。这些过度的思会伤脾胃，致其不能消化、不能运作了。

恐伤肾。恐和惊属一类。惊恐影响人的泌尿系。还记得儿时的回忆吗？有时，小朋友被吓得厉害了会尿裤子。所以，不要总是没事吓自己。怎么样做到不恐惧呢？人要做安心的事，不要做亏心的事。一做亏心事就怕鬼敲门，就在惶恐不安中，慢慢地人就会容易肾气亏虚了。

我听到过一个死里逃生的大学女教师的真实故事。50多岁的台湾大学中文系副教授蔡璧名，是学校最受欢迎的老师之一。蔡璧名研究《庄子》19年，曾感叹一生顺遂，不够资格教庄子，直到10年前罹患癌症。为了活下来，接受治疗之余，她结合《庄子》理出一套身心放松术，4个月后，肿瘤神奇消失。之后，她将其所思所想汇集成《正是时候读庄子》一书。该书通过传达庄子的姿态、意识与感情，成为帮助人强化心灵进而影响周身的实用法则。那天，我看见一家肿瘤医院的滚屏上，滚动着"寻找愉悦的劳动"这句话，不断提醒患者要做一些令自己开心的事。对于患病的人，医生也通常会交代，不要紧张，要保持心情舒畅。这些事实告诉我们，良好情绪是可以治病的。

阎敬铭有首《不气歌》："他人气我我不气，我本无心他来气。倘若生病中他计，气下病来无人替。请来医生把病治，反说气病治非易。气之为害大可惧，诚恐因病把命废。我今尝过气的味，不气不气真不气。"希望我们能拥有良好的情绪，健康的体魄，享受平心静气的每天。真正的富有，是由心底洋溢至脸上的微笑。

路 过

"四不"小和尚[1]

一天,我去朋友家做客,看见他的案头放着四个形态可掬的小和尚.一个用手按着耳朵,一个用手捂着嘴巴,一个用手蒙着眼睛,还有一个双手放下、端正坐好。朋友向我介绍,这是"四不"小和尚,分别是"不听""不说""不看""不动",即非礼勿听、非礼勿言、非礼勿视、非礼勿动。朋友的话让我豁然开朗,这"四不"小和尚代表的意境真妙。

闻真音,非礼勿听。世上的声音无奇不有,有的温良、敦实,有的暴戾、虚假。耳朵要变成一个转换器,化一切声音为微妙的声音,把辱骂的声音转为慈悲的声音,把诋毁的声音转为鼓励的声音,对哭闹声、粗声、丑声都不介意。

说善话,非礼勿言。佛经上说,说一句好话,如口吐莲花;说一句坏话,如口吐毒蛇。嘴巴要说别人欢喜听的话,说真实的话,说谦虚的话,说幽默的话,说利人的话。对于那些伤人的、粗暴的、拙劣的言语就不要说出口了。

见美境,非礼勿视。人间景象色彩斑斓、纷繁复杂。如果持有

---

[1] 本文原载于 2020 年 8 月 1 日微信公众号"阅品坊",署名:哲子。

一颗人我一如的心、圣凡一致的心、包容一切的心、普利一切的心，那么就拥有慈悲的胸怀，获得一双明目慧眼，悲悯各种形态，陶醉于赏心悦目的事物，所见之处皆为美景。

行好事，非礼勿动。做慈善的事、服务的事、有益于社会与国家的事，遵纪守法，待人谦恭有礼，体恤关怀，能够随时随地和各种人相处、合作。对于不礼貌、不道德、不合法的事，就不要去做了。心中有杆秤，才能做到行有所止。

"说欢喜禅音，行利他禅事；养慈悲善心，是名真庄严。"这样静谧的"四不"小和尚当然不代表懦弱、退让，他们是有傲骨、有智慧的，具有庄严的魅力。在繁闹尘世，他们养自身善心，以退为进，以守为攻，但其原则与底线不容挑衅！

禅，不是理论，而是生活，知易而行难。勿入无益身心之境，勿近无益身心之人，勿吐无益身心之语，勿展无益身心之书，勿为无益身心之事。这是"四不"和尚教给我的道理。

路　过

成就觉悟的智慧[1]

身处这个烦嚣的尘世中,如何保持一颗清净纯洁的心?"参禅何须山水地,灭却心头火亦凉。"这句话道出了成就觉悟的智慧。

首先,学会与坏境界相处。一位信徒对禅师说,"希望以后有机会能过一段寺院中禅者的生活,享受晨钟暮鼓、菩提梵唱的宁静。"禅师回答:"你的呼吸便是梵唱,脉搏跳动就是钟鼓,身体即是庙宇,两耳就是菩提。无处不是宁静,又何必等到寺院来呢?只要自己息下妄缘,抛开杂念,哪里不宁静?"禅者的生活,正是"热闹场中作道场"。无需讨厌坏境界,也不要贪求好现象,只有不忮不求,才能无欠无赊,从而体会到宁静与快乐。

其次,积极净化自我身心。让插在瓶子里的鲜花保持新鲜的方法,就是每天替它换水,并修剪掉腐烂的根。同理,我们保持一颗清净纯洁的心,途径也是一样。生活环境就像花瓶里的水,我们就是花。唯有不停地净化我们的身心,变化我们的气质,改正陋习、缺点,把不正当的心念从心中革除,这样才能不停地吸收到生命的养分。要想除掉旷野里的杂草,只有一种方法,那就是种上庄稼。要想心灵不荒芜,唯一的方法就是修养自己的美德。

---

[1] 本文原载于 2020 年 7 月 23 日微信公众号"阅品坊",署名:哲子。

从一则狮子与疯狗的寓言故事可得知，不是所有的人事都值得执着。某天，雄狮带着儿子散步，突然发现远处有一条疯狗，赶紧躲开了。小狮子不明白地问："爸爸，你敢和老虎拼斗，与猎豹争雄，却为什么要躲避一条疯狗？"狮子反问："孩子，打败一条疯狗光荣吗？"小狮子摇摇头。"让疯狗咬一口倒霉不？"小狮子点点头。"既然如此，咱们干嘛要去招惹一条疯狗呢？"我很欣赏这个故事中的雄狮，他深知不是所有动物都配做自己的对手，没工夫去理会那些负能量，因为自己肩负着更重要的使命。拍拍身上的灰尘，专注内心的宏伟大志。毕竟，战胜自己才是最可贵的胜利。

人要有种超然自在的心态，就像秦观《浣溪沙·漠漠轻寒上小楼》中所描述的那样："漠漠轻寒上小楼。晓阴无赖似穷秋。淡烟流水画屏幽。自在飞花轻似梦，无边丝雨细如愁。宝帘闲挂小银钩。"从纷扰中穿行而尘不染衣，在苦难中努力拼搏，到最后，大小事都付笑谈中。凡事尽头，终将如意。

路 过

笔[1]

对于书画人来说，工欲善其线，必先利其笔。好笔既可提高书画兴趣，也能体现手中乾坤。我的书房便有自己喜爱的五支毛笔，各有名字、脾气和性格。

乌竹小楷和蓝乔小楷。这两支笔用作写小楷书法。乌竹小楷，是乌黑色的竹竿所做的一支狼毫小楷笔，取"黑白红"传统三色，古朴、低调而又饱含文化味。而蓝乔的笔杆呈惹人爱的红色，笔头由羊毫、上好北尾、野兔背部黑尖等三种毫毛制成。许久前，一位男士借爱妻"蓝乔"为名定制这款笔，后向制笔之人寄来书信，言："蓝乔已故，红袖当佛有缘人。"

三花紫毫和纯羊小白云。这两支笔用作画工笔画。三花紫毫为勾线笔，它的毫尖锐犀利，锋颖柔嫩细腻，韧性足，弹性好，勾线细。笔尖略带一点黑，提示着精细线条靠的是笔腰的撑力和笔锋的收锋能力。纯羊小白云则是染色清水笔，它的笔锋纯白干净，宛如染色时的心境。它像云朵一样细腻吸水，毛质细柔宜染色，沁墨饱满润如云。

七紫三羊兔毫瘦金体。这支笔为镇房之宝，既可用写小楷书法，

---

[1] 本文原载于2020年6月9日微信公众号"阅品坊"，署名：哲子。

又可作国画工笔勾线白描。它看起来非常朴素、普通，但其笔锋却是不可多得的精锐。笔锋采用野兔背部黑尖，外围的羊毫可含墨更多。包裹在里面的是上好的山野兔黑尖毫，尖锐耐用。竹质笔杆古朴大方，以沉稳的姿态提醒书画人秉承老祖宗的工匠精神，苛求品质。可谓朴实无华，大道至简。

笔，三分制作，七分保养。笔的好品质当然离不开好的保养方法。开笔、润笔、揉笔、洗笔、存笔，一样都不能少。开笔时，先将笔肚轻轻捏松，再以干净凉水边泡边捋，至笔锋全开，胶水脱落，手法要温柔。润笔是为了使笔恢复韧性，书写不润，毫毛易损，脆而易断，弹性不佳。揉笔得讲究度，笔着墨多少宜适度，勿含墨过饱，饱则易洇，腰涨无力，也不能含墨较干，干则易枯，运转迟钝。

对于书画人来讲，脸可三日不洗，笔不可一日不清。一个爱书写绘画人的桌面案头一定是少不了一个笔洗的。笔洗釉色纯净透亮，器形制作工整规范。它是实用器物，也是工艺品，与古朴自然的笔搁、质感温柔的笔毡混为一体，形成书桌上的一道心怡风景。一件器物代表一个人的品位，选择了什么样的器物形态，等于选择了什么样的艺术格律。

存笔少不了笔挂、笔盒与笔帘。笔挂是为悬挂湿漉的笔，笔盒是为存放干燥的笔，笔帘则是为了外出时临时存放毛笔。我选择的存笔用具均为低调、简约、古朴、雅致的风格。笔挂是素简的，没有雕花或镂空；笔盒是素布的，结实耐用、朴素典雅；笔帘是青蓝色的，外形雅致，质感柔软。它们以稳重的方式暗示我，任由气象万千，质朴的心不能变。

蘸笔的墨要上乘。好墨用古法熬制，具有墨色黑正、胶不滞笔、

路　过

　　细腻温润、墨韵自然、气味高古等特点。传承传统需要一片匠心，做到心无旁骛。时光宝贵，没必要在闲情雅致中与劣质墨搏斗。偶尔，我也买些华实相逞的艺术品松烟墨，比如一块外形似蝉的墨锭。蝉，声以动容，德人以象贤。有诗云："垂緌饮清露，流响出疏桐。居高声自远，非是藉秋风。"物我互释，暗示着诗人高洁清远的品行志趣。我喜欢在静谧的时光中磨墨，手持禅意墨锭，用力慢、轻且均匀。

　　落笔的纸得精美。书房众多的纸张中，我对那素心经本情有独钟。它是纯手工传统线装本，五色斑斓的封皮下，是洁白如素的宣纸。素朴，但赏心悦目。就像美人洗尽铅华后，纯洁美好的素颜。正所谓"游丝浮萍，烟光草色；山风清沁，松叶苍翠；月上海棠，烛影摇红；室香罗药，笼暖焙茶；橙黄橘绿，光景正好"。纷繁世事，素心以待。偶尔用它来写写小楷、札记或抄经，怡养心情。

　　捋笔的砚要考究。砚是中国书法的必备用具。砚台不仅是文房用具，由于其性质坚固，传百世而不朽，又被历代文人作为珍玩藏品之选。中国四大名砚为端砚、歙砚、洮砚和澄泥砚。好笔配好砚。好砚"体重而轻，质刚而柔，摸之寂寞无纤响，按之如小儿肌肤，温软嫩而不滑"，且有不损毫、宜发墨等特点。我选择的窝窝砚由手工打磨而成，石质细腻润泽，精巧可爱又不失古韵。

　　寂静的午后，焚香，铺纸，提笔，写字，作画，在喧嚣浮华的尘世后只有一颗本心。让内心宁静留住，将人间世俗隔绝。书画人需要这样的心境，持笔的手稳稳的，笔在纸上盘旋，就像生命中的一个又一个轮回。每一笔，都是一次洗礼；每一画，都是一场修行。在笔锋反复缭绕间，我恍然明白，清净与沉淀也是一种生活方式。只有内心少了大起大落的波澜，智慧之船才能在心海中安全航行。

写　字[①]

　　见字如晤，见到一个人的字，仿佛看到了这个人。人沉浸在书法中，凝神静气，禅定自如，犹如在隔绝尘世中独自修炼。

　　写字悟理，培育灵性。书写包含深厚内容的汉字，更是一种修行。佛家认为，抄经能断杂念，减烦恼。而书写国学、诗词等经典作品，让人明是非、懂进退、知美丑、有格局。

　　我喜欢毛笔字中的楷书，方方正正的中国字，很好看。有位前辈向我叙述了楷书结构"八要"，即重心平稳、疏密匀称、比例适当、点画呼应、偏旁迎让、向背分明、变化参差、格调统一。如果熟练掌握了这八个要领，想必就是写楷书的高手了。笔是写字的工具，写好毛笔字当然从洗笔、运笔开始。之后，摆好正确、养眼的姿势。手的姿势需腕平、指实、掌虚，五个手指依次"按、压、钩、隔、抵"，大拇指突出，与食指呈龙眼形态。身姿端庄，做到头正、腰直、手平、足安。写字得讲究平衡，落笔前找准中心点、字轴；也要在悟中求变，如果基础打好了，就得寻求突破和变化，明确个性。比如，女孩子写出来的字要灵动，不能太老沉。

[①] 本文原载于 2018 年 9 月 8 日微信公众号"阅品坊"，署名：哲子。

路　过

　　"点"是汉字的基础，练好点很有必要。写点时，在区域中心竖笔，前倾后斜，笔势呈钟摆轨迹，但得讲求度。下笔利落，一笔成型。笔尖有节奏地行走，落笔，行笔，收笔，起承转合，由慢及快又变慢。写得好的点，迎着光线看，前尖后圆，形态像圆润饱满的水滴。

　　实现书写的梦想，现在开始，刚刚好。开始了，就要坚持，天天写，日日练。师父领进门，修行在个人，写字的真功夫得靠自己在大量的练习中获得、领悟。

画兰与画荷[①]

画　兰

兰，又淡泊，又美好。

"长绿斗严寒，含笑度盛夏"。兰花被誉为"花中君子""王者之香"，是一种珍贵、神奇的草本植物，生长在深山野林。《淮南子》描述，"兰生幽谷，不为莫服而不芳；舟在江海，不为莫乘而不为；君子行义，不为莫知而止休。"兰在山谷中，不因为没有人佩戴而不吐露芬芳；船在江海中，不因为没有人乘坐而无所作为。同样，君子行仁义之事，不求名、不争宠，不因为没有人知道而停止。所以，君子像兰那样，吃得起苦头，耐得住寂寞，不为浮名折腰，专注于自己的价值和使命顽强地存在于世上。

《秋兰绽蕊图》画中的兰花，枝叶典雅，花朵清新，仿佛散发出一股幽香味。它像高洁、贤德的君子，坚定且传神，向人们传达出了一种情怀与境界。我想到了团扇，中国传统工艺品及艺术品，是

[①]《画兰》《画荷》原载于 2018 年 9 月 23 日、2018 年 9 月 13 日微信公众号"阅品坊"，署名：哲子。

路　过

一种圆形有柄的扇子，"鲜洁如霜雪，团团似明月"。将秋兰画在团扇上该是件多么美妙的事！

画　荷

　　荷，清纯高洁的花。

　　"山有扶苏，隰有荷华"。山上有茂盛的扶苏，池里有美艳的荷花。只要有水的地方，荷花就能绽放。荷花有诸多良好的寓意，它是清廉的代名词，是友谊的信使，还是爱情的象征。世人爱荷者众多，有人赏荷，有人咏荷，有人画荷，有人绣荷，也有人拍摄荷。

　　刚开放的荷花叫"出水芙蓉"。出水芙蓉可比喻诗文清新不俗，也可形容天然艳丽的女子。宋代吴炳画的《出水芙蓉图》堪称经典，一朵盛开的粉红色荷花占据整个画面，在碧绿的荷叶映衬下显得格外地清妍艳丽、端庄大气，浅粉色的花瓣、嫩红花蕊似乎还带有拂晓时分的露珠。画家格物致知，将荷花"出淤泥而不染，濯清涟而不妖"的君子气质表现得入木三分，传达出了诗的意境。

　　出于对荷的热爱，也出于对绘画的向往，我萌生了画荷的想法。刷底、勾线、上色，在作画的过程中享受着"精微和静气"的乐趣。边想边干，一朵荷花居然也在我的纸上诞生了。

魅力荆州水[1]

《周易·说卦》中说，"润万物者莫润乎水。"荆州地处中国南部的长江中游、洞庭湖北岸和"千湖之省"的古云梦泽冲积平原，是由大江之水孕育出的一座文化古都，亦有"清水之域"的美称，具有鲜明的南国水乡特色。荆楚人民在这里繁衍、生息和发展的过程中形成了刚柔并济的荆州水文化，散发着无穷无尽的魅力。

荆州的水内涵，清奇钟灵。水是生命之源，也是荆州文化的主要载体，在文明进程中焕发出绚烂的光彩。几千年来，荆州人民与水长期相处，在水自然景观上刻下了荆楚文化的烙印。与北方黄河文化的雄浑厚重相比，属于南方长江文化的荆州水文化则显得清秀而又灵动。"山随平野尽，江入大荒流"，鸟瞰荆州的水自然资源真是旷美无比：万里长江在崇山峻岭间流入荆州大地，在这块广袤的原野上蜿蜒伸展四百多公里，以内荆河为主干流，派生出众多支流，洪湖等域内湖泊星罗棋布，沦水水库等市域内较大的自然生态景观璀璨如明珠，海子湖、文湖等水网湖泊星星点点般撒在古城内外。城墙依水而建，楼宇凭水凌空，湖城水市顺势连接，好一幅动人的水景城市画卷！

---

[1] 本文删减版发表于 2018 年 12 月 18 日《荆州日报》第 6 版"江津笔会"。

路　过

　　荆州的水景观，赏心悦目。在历史长河中，荆州古城的出现不仅仅是单一的作战城墙，而是集防御与水上交通于一体，体现着"城水合一"精神。蜿蜒流淌的护城河是环绕荆州城的一道水城，它仿佛为荆州古城的墙角披上了一条翡翠绿裙。岸边绿树成荫，水中游船穿梭，自然美与人文美交相辉映。新世纪以来，地方政府以古城墙为依托，修建古色古香的环城公园，融文化之都与清水之域于一体，形成了人水和谐的格局。在荆州众多闻名遐迩的旅游胜地中，有一处原始状态保存完好的泛洪湿地格外醒目，仿佛是大自然的宠儿。这块湿地就是天鹅洲，位于荆江河段的中下游湖北省石首市境内。"孤立心境的曾经，闲飞野鹭偶觉亲"。在远离尘世的天鹅洲湿地，与天鹅、麋鹿、淡水豚相伴，赏析各种野生植物，人的精神灵魂得以放飞。

　　荆州的水工程，磅礴大气。荆楚先民早期的水运活动，为荆州大地留下了不计其数的航道、渡口、码头和桥梁。其中，荆州港为国家级主枢纽港口，洪湖港、石首港为省重点港口。"万里长江险在荆江"，与洪水抗争一直是荆江地区的大事，因此，荆州水利工程影响最大的当属堤防建设。自古以来，荆江大堤一直是长江水利建设的重点。荆江大堤地处荆江北岸，西起荆州区枣林岗，东迄监利城南，犹如一条刚强威武的虬龙盘折着临江壁立，保障守护着约1.8万平方公里的国土面积，是长江流域最为重要的堤防。自从荆江大堤加固工程列入国家基本建设项目以来，经过一系列的修复和加固，荆江大堤的御洪能力今非昔比，已成为江汉平原和武汉重镇的重要防洪屏障，是荆州人民战胜洪水的丰碑。此外，被称为现代"都江堰"的引江济汉工程是我省迄今最大的水资源配置工程，工程从荆州区李埠镇长江龙洲垸河段引水到潜江市高石碑镇汉江兴隆段，地跨荆州、荆门两地级市所辖的荆州区和沙洋县，以及省直管市潜江市，为解决南北水资源失调发挥了重要作用。

荆州的水文化，独具风情。"仁者乐山，智者乐水"，水是鲜活的审美载体，荆州水的妖娆秀美滋养了这里灿若星辰的文学和艺术。荆州江河湖泊自古为文人墨客所垂青：屈原渚江行吟、离湖赋骚；明代袁中道留下记叙他从草市到汉口的诗《由草市至汉口小河舟中作》；诗仙李白"山随平野尽，江入大荒流"的诗句便是对浩浩长江的描述。荆州民俗文化产生和形成于荆江两岸的水网湖区，因此带着浓浓的荆楚水乡风情。像龙舟竞赛、踩莲船、蚌壳精、五虾闹鲇、舞龙灯、打莲湘、拍渔鼓等民俗表演，在民间广为流传并代代相续。荆州水乡民歌民谣至今保留着原汁原味原生态，最具代表的莫过于荆州"马山民歌"和监利"秧田歌·啰啰咚"，它们已被列入国家级非物质文化遗产名录。还有位于长江中游北岸洪湖市境内的三国古战场乌林，既具有难得的温泉地热资源，也蕴藏着博大精深的三国文化。

荆州的水智慧，雄壮包容。在漫漫历史长河中，伴随着人类对自然的认知以及文明的进步，水已渗入到人们文化意识的深层。长江在荆江段"九曲回肠"的水文特点，决定了荆州治水文化源远流长。古有大禹治水"崇尚科学、不畏艰险、无私奉献"的献身精神，今有"万众一心、众志成城，不怕困难、顽强拼搏，坚韧不拔、敢于胜利"的伟大抗洪精神，成为荆州人民世代相传的宝贵精神财富。"善为政者，必先善治水"。如今，指导荆州水文化发展的理念是构建人水和谐社会，推动水生态文明的建设。荆州水文化底蕴深厚，

路　过

实施人水和谐战略，以水为主线，把荆楚文化、人文景观、自然景观有效融合，营造人与自然和谐共处的氛围，是实现经济社会可持续发展的有效途径。

"上善若水，至柔超坚"。荆州美景众多，我独爱其水。荆州水文化生动诠释了水"善利万物而不争"的精神，温柔静美但不失灵动，大气包容且饱含执着。丰富而灿烂的荆州水文化以其深厚内涵滋养着本土万物，使荆州这座古城名都在中华文明的百花丛中熠熠生辉。

传承并发扬井冈山精神[①]

2019年5月中旬,作为一名共产党员,我参加了单位组织的一期"牢记初心使命 传承红色基因"专题培训,培训地点为江西永新党校井冈山革命传统教育培训中心。本次培训大力传播了中华优秀传统文化的思想精华以及爱国主义民族精神,引领我们处理好继承传统和创新发展的关系,是一场鼓舞人心的红色培训。哲学家萨特曾说,世界上有两种东西是亘古不变的,一是高悬在我们头顶上的日月星辰,一是深藏在每个人心底的高贵信仰。井冈山精神便是那高贵的信仰,值得我深刻领悟并时刻铭记。

20世纪二三十年代,在井冈山斗争时期,中国先进人物为了追求国家和民族的解放以及自由、进步,在艰苦卓绝的斗争和环境中铸就了井冈山精神。井冈山精神是中国共产党崇高思想、品格、精神风范的写照,是中华民族精神的重要组成部分,也是实现中华民族伟大复兴的强大精神动力,其主要内容为"坚定信念、艰苦奋斗,实事求是、敢闯新路,依靠群众、敢于胜利"。

井冈山精神不受时空所限,在不同的时代都能放射出新的光芒。从革命战争时期的长征精神、延安精神、西柏坡精神,到社会主义

[①] 本文原载于2019年6月14日微信公众号"阅品坊",署名:哲子。

路　过

建设时期的大庆精神、"两弹一星"精神、抗震救灾精神等，都是对井冈山精神的继承与发展。如今，井冈山精神这股昂扬锐气已成为社会的正能量，给人积极向上的信心和希望，激励人们自强不息、不畏困难、艰苦奋斗。"知识来自书本，智慧来自生活"。我们共产党员要结合自身实践让井冈山精神在新的时代中发扬光大。

坚定理想信念。崇高的理想信念是人生的支柱和前进的灯塔。党团训练班学员罗冬祥曾在笔记本上抄写《共产主义者须知》中的话，"不畏难，不怕死，不爱钱，为主义牺牲。"

要从实际出发。把握规律，一切从实际出发，寻找符合自身特色的道路。牢牢立足于现实与需要，解放思想，开拓进取，善于用改革的思想和办法解决前进中的各种问题。不忘艰苦奋斗。艰苦奋斗是我党的优良传统，要始终保持艰苦奋斗的作风。人无俭不立，不丢勤俭节约的传统美德，不丢廉洁奉公的高尚操守。

密切联系群众。要牢记中国共产党的初心和使命，坚持群众路线，把实现最广大人民利益作为评价一切工作的出发点和落脚点，为中国人民谋幸福，为中华民族谋复兴。

坚持改革创新。创新是一个民族进步的灵魂，一个国家发达的动力。在新的变革中，如果墨守成规、不思进取，必然会被时代抛弃。

"世上无难事，只要肯攀登"。无论身处何种境况，我们共产党员都要率先垂范，有信仰、有情怀、有担当，树立高远的理想追求和深沉的家国情怀，以自己的模范行动形成无声的命令。在挫折与困难面前，人们往往会从榜样和英雄身上汲取积极能量，激励自己奋勇前行。粟裕在《激流归大海》中说，这次战斗，我亲眼看到朱德同志攀陡壁、登悬崖的英姿,内心里油然产生了对他无限钦佩和信赖之情。他是一位英勇善战、身先士卒的勇将。当我看到朱德同志在石径岭战斗中的英雄形象时,受到很大鼓舞,增强了战胜伤痛的力量。在这难以想象的艰难时刻,真是像青松那样挺拔,像高山那样耸立。在传承井冈山精神的征途中,我们伟大的祖国确实已经无愧色地立在人类的面前!

"为有牺牲多壮志,敢教日月换新天。"在中华人民共和国成立70周年之际,如果有人问我:连接个人与祖国的是什么?我会毫不犹豫地回答:是井冈山精神。井冈山精神是民族记忆的载体,体现了广大人民共同的价值认同,是联系人民和祖国的精神纽带。我们共产党员需在实践中传承并发扬井冈山精神,执着追求理想信念,在本职工作中不懈进取,对艰难险阻勇于担当,用行动打造最强自我,成为事业的主心骨与中流砥柱。个人强,则行业强;行业强,则国家强。"一个国家、一个民族不能没有灵魂"。井冈山精神便是民之意、国之魂,指引我们在滚滚洪流中砥砺奋进。

路 过

从摄影技巧悟学习之道[①]

——游蓝星岛所得

六月的一天,我和同事一起游玩了蓝星岛,随行的还有一位摄影老师。

一次旅行的意义,或许是观赏了美景,或许是结交了好友,或许是领悟了真理。游蓝星岛的那次经历,我最大的收获便是从摄影大师的讲述中领悟了学习之道。

1. 知识是相通的

老师说,艺术都是相通的,均为主题服务。例如绘画与摄影具有相通性,它们都要记录瞬间物象,都是一个平面载体。缺少绘画基础的摄影似无源之水,而一幅好的绘画作品要得到传播,也需要摄影人的完美拍摄才能呈现。摄影与绘画的确一脉相承。摄影术诞生之初,人们都认为将照片拍摄得像绘画一样,可以提升照片的艺术价值。英国人鲁滨逊便是由画家转行成为摄影师的代表,他在绘画、摄影领域均有很高的造诣,发表了《照片的构图方法》《摄影的画意效果》等书,是19世纪摄影"高级艺术运动"的领袖。

仔细想想,还有很多行道均有异曲同工之妙。例如建筑学与美

---

① 本文原载于2018年6月30日微信公众号"阅品坊",署名:哲子。

术,作业对象都是图纸,对尺寸、比例、美感、协调性等方面均要研究;再如毛笔字与国学工笔画,都讲究勾线运笔的技巧,都需要沉心静气地打磨、推敲。精通了一门艺术,有意无意之间便打开了另一门艺术的窗户。推而广之,老师讲的摄影方法也可以运用到其他的技术学习中去。

2. 要有发自内心的爱好

老师说,拍摄好的作品要源于自己内心的激情和喜爱。拍摄的原动力要回归本性,不是为迎合某个比赛,也不是刻意炫耀、跟风,而是因为纯粹的喜好,为了自己的心动而拍。现在进入了读图时代,拍摄一幅好作品的根本是看拍摄者自己有没有走心。我想到了薇薇安,一位平凡的保姆,一位伟大的摄影师。有人称她为摄影界的"凡高"。她生前在闲暇时游走于街头各个角落,拍摄了超过150000张照片,记录了城市的变迁。她拍摄着各种对象:西装革履的中产阶级、穿着华丽的贵妇、玩闹的孩子、穷苦的工人、悲伤的小丑、街头发生的一切……她不断拍照,却没有给别人看过她的一张作品。她对摄影持有一种孤独而纯粹的热爱,不需要出名,也不是为了炫耀,而只为心灵的慰藉,甘心执着地为之献出一生。

只有真正的喜爱才能让作品远离浮躁,展现平凡而又伟大的耐心,干净,但充满力量。摄影如此,做其他的事情也是如此。

3. 学会舍弃

老师说,摄影要学会做减法,少就是多。照片的重点在于表达层,首先得问问自己想表达什么。摄影者要善于借图表达思想。画面越来越少,表达的思想则越来越多,会给人带来视觉冲击力;反之,画面越多,内容则失色。所以,不要贪多。

路　过

　　老师还当场举例，给我们看了三张照片，画面内容依次减少，表达的主题却依次震撼。在第一幅照片中，我看见的是散步的普通人；在第二幅照片中，我仿佛看到一位老者为穿过人生的种种障碍所做的努力；第三幅照片的内容最少，仅仅撷取了建筑的一角，但它传达了坚韧、力量、和谐与团结。

　　做其他的学问也是如此，不能胡子眉毛一把抓，要围绕主题，抓住关键重点，学会断舍离，果断舍弃不必要的东西。

　　4. 寻求创新

　　老师说，摄影需打破常规，学会蹲下来，从低角度构图。换个角度看，世界会更精彩。老师还给我们展示了几张低角度拍摄的照片，张张夺目。

　　书法艺术家朱敬一便在稳健中求创新。朱敬一对于书法创作的坚持长达 15 年，他坚守初心，让人敬佩。在信息轰炸的网络时代，朱敬一书法作品因字体独特、内容有趣而走红网络。朱敬一是专注的，他深植沉淀深厚的中国传统文化，耗时十几年不断揣摩和学习；朱敬一也是创新的，成为当下最热的"南门书法"创始人，让许多年轻人也喜欢上了书法，演绎了一出保守派的翻盘逆袭。

　　在探索中发挥想象的张力，在坚守中找到创新点。有时候，不是事物不够精彩，而是人们还没有找到打开它的门。

　　5. 展现事物的美好

　　老师说，摄影师要善于发现事物内部的美，选取最佳、最适合、最有感染力的一面。生活充满趣味，要勤于发现，善于表现，用心提炼相对的真实。你经历的生活与具备的修为，都会呈现在你独特的表达上。

的确，老师拍摄的照片中的人物，仿佛都在陈述美好的故事。有低头抚花的女孩儿，从阳光里穿过来，沉思着、微笑着，似乎在对自己的未来轻吟说话；有仰面望天的年轻人，微风拂面，笑意盎然，色彩明快，仿佛抬头看到了希望；有专心喂鸵鸟的中年人，聚精会神，放松自然，画风稳重，透露一股历经世事的气质。

展现最美好的一面，不管对摄影者本人，还是对被拍摄的模特儿，抑或是对观赏照片的人，都是一种尊重。拍照如此，绘画、写作等艺术也是如此，找到最美好的主旨，用心打磨，好好呈现给自己和大众。

蓝星岛之旅，我们收获的摄影技巧有很多，例如造型、影像、光线等。从摄影技巧推广到学习其他门道的方法，是一种特别的思路。但别人的经验总归是间接的，要想精通一门技术，更重要的是要依靠自己，融入生活，勤于练习，反复观察、思考、揣摩，熟能生巧，在广阔的实践中增长才干。

路 过

做事的三层境界[①]

——从螃蟹商说起

最近,我网购了几次螃蟹,每次都有不一样的体验。

有一次,螃蟹由张破败的网简单地兜着,它们被邮寄到家时,有的死,有的残,还散发着一股臭味,能够吃的螃蟹已所剩无几。

还有一次,商家对包装做了一定的处理,到家时螃蟹都还活着,虽然外观不太养眼,气味也不很清新,但吃下肚还是没问题的。

让我印象深刻的是最后一次。寄到时,整体包装高端又安全。商家把螃蟹洗得干净清爽,用绳索整齐绑好了蟹爪,将其均匀地安置在放了冰袋和防撞物的扎实泡沫盒里。螃蟹待在里面似乎很舒服,健康地吐着泡泡。每只螃蟹上都挂着验蟹师的姓名,确保只只优选,顶级品质保证。螃蟹商还附了一张便条,告诉买家蟹到家后的保存方法、死蟹与活蟹的区别、死蟹的理赔方法等。关于吃蟹礼包,商家既送了紫苏、姜茶、蟹醋等品蟹佐料,又送了专业剪刀、勺子、吸管等食用工具,还雅兴赋诗一首"蟹螯即金液,糟丘是蓬莱,且须饮美酒,乘月醉高台。"我惊叹:原来螃蟹还可以这样吃!所有关于螃蟹的事,这位商家考虑得如此周全,把我想到与没想到的全部

[①] 本文原载于2019年12月6日微信公众号"阅品坊",署名:哲子。

安排到位。

　　透过以上经历，我看到了做事的三层境界。最低层级的做事者的动机是无所谓、破罐子破摔、仇恨，做事时完全不用心，乱弹琴，结果浪费了时间，办砸了事情，引发客商矛盾，心情也被弄得一塌糊涂；中间层的做事者为了生计、收益、权钱名利，积极按照指令行事，却止步于客户需求，浅尝辄止，墨守成规，不会深入挖掘信息或付出额外劳动，结果差强人意，平淡无奇，虽勉强完成任务，但也没带来惊喜；最高层级的做事者视手上工作为事业和使命，热爱、忠诚、担当，为实现人生价值与社会价值而奋斗，立志成为行业榜样，他们对工作用心用情，精益求精，把客户当作上帝，拿质量当作生命，秉承工匠精神，穷尽所有地细致入微，结果是事情完成到无与伦比的美好，为客户带来发自肺腑的感动，实现了自我提升与他人收益的双赢。

　　显然，最高层级的做事者是最大受益者。他们收获了自我幸福，提升了专业能力，得到了公众的优质口碑。这些隐性的无法估量、无法转换的财富是另外两个层级的做事者不能享受到的。正如爱默生所说，"对于生命的最高奖赏以及人生的至上财富，就是与生俱来对目标的不懈追求。"

路 过

父亲为我选专业[1]

我参加高考那天，大雨。自始至终，父亲一直撑着伞在考场外等候我。

于我而言，高考不过是一场考试。但对我的父亲来讲，高考是关系着他的孩子前途的重要转折。从择校到选专业，父亲都为我深思熟虑。

在志愿表上填报专业的时候，父亲对我说，"没有谁比我更了解我的孩子。法学专业和英语专业，你想选哪个？"我没有吭声，因为当时的我对自己与世界真的茫然无知。父亲替我回答："就选法学专业吧，选法学专业既可以学到法律，又可以学到英语。"于是，我就这样成了法学专业的一名学生。

法学博大精深，多年来我自觉只习得些许皮毛。年少时，我学习法律的心思并不安稳，潜意识里认为这个专业是父亲的选择，不是我的。多年后的今天，我深究父亲为我选择这个专业背后的原因，不禁对父亲的选择充满了敬意。

首先，父亲希望我品行端正。自古以来，法学充满了正义之美。查士丁尼一世下令编纂的法典《民法大全》展现了罗马人在法学上

---

[1] 本文原载于2020年7月15日微信公众号"阅品坊"，署名：哲子。

的极高天赋，带给人类正义、智慧、光明、勇气与团结。自此，一生疯狂征战的查士丁尼醒悟到，帝国无数次战争到头来什么也征服不了，真正能够征服世界、让罗马人享受到永久安宁的是帝国的法制。苏格拉底有句法律格言："法官要做到：提问亲切，回答严谨，判断冷静，审判公正。"如今，我把这句话贴在我自己的办公桌上，时刻提醒自己勤学笃定、遵纪守法、严谨细致、秉公办事。

其次，父亲希望我追求哲理。法学与哲学是相通的。某天，我阅读《西方法学名著提要》与《从〈理想国〉到〈正义论〉——轻松读懂27部西方哲学经典》两本书，发现一个奇妙的现象，即很多法学名著与哲学名著是重合的，比如霍布斯的《利维坦》、洛克的《政府论》、卢梭的《社会契约论》、密尔的《论自由》、罗尔斯的《正义论》等。历史上，很多哲学家也是法律的推崇者或研究者，例如，德谟克利特强调人应该坚持正义和遵守法律，只有这样才能保持内心的平静，享受一种高尚的快乐生活。又如，柏拉图曾写过《法律篇》对话体著作。

另外，父亲希望我充满智慧。真正的法学家注定是博学多才、阅历丰富且充满智慧的。英国法学家梅特兰认为，德国民法典在其生效之时是当时世界上所有法典中最好的，他说："从未有过如此丰富的一流智慧被投放到一次立法行为当中。"我国新颁布的《民法典》堪称"保障民事权利的宣言书"，对于各个层面的民众利益诉求无不照拂，从生老病死到衣食住行，从生产生活到物权、合同……民法典照亮人心，捍卫民众权利，人民将更有尊严。

但以上仅仅只是我的猜测。父亲已故，我已无从询问他为我选择法学专业的真正理由。思绪忽然飞翔至冷古纳托东侧的高空中，

路　过

我恍惚看到立曲河谷里的木雅藏族村落和冷古纳托周边陡峭的山崖地势。远方的大雪山山脉在夕阳下闪着金黄的光彩。冰川流水切割侵蚀的高山峡谷幼年期地貌，与冷古纳托夷平面的晚年期地貌一道，仿佛构成了一座地质学的时光博物馆。在多年实践的磨砺中，我希望自己能体会到父亲对我的良苦用心，但行好事，莫问前程。但愿我与父亲的思想能够在不同的时空产生共鸣，就像那座交相辉映的地质时光博物馆。

　　父亲为我选专业，我深深地感谢我的父亲。

又见冬至[①]

亲爱的爸爸：

抬头望日历，又是冬至。

我从未那么深切地想看透冬至，直至去年的这天。去年，冬至，凌晨，您突发脑溢血，被夺走了生命能量。至此，我狠狠地想看清冬至的脸，凭什么让您和我陷入不可承受的生命之轻？冬至是什么？

冬至很重要。冬至是中国农历中极重要的一个节气，在大时间序列里，冬至是坤卦时空和复卦时空的交汇点。自古以来，冬至日是重要的测时、定时依据。"树八尺之表，夏至日，景长尺有五寸；冬至日，景长一丈三尺五寸。"无论是四千年前的索尔兹伯里巨石阵，还是五六千年前的良渚祭坛，观察冬至日都是人类文明史早期极为重要的活动。直到现在一些少数民族仍有"冬至大如年"的说法，冬至如同过年，等同于增寿一年。爸爸，冬至居然是一个如此重要的日子，在去年那个难以忘怀的冬至日，我们跌入人性的冬季，饱受磨难与洗礼。

冬至好漫长。"三峡南宾城最远，一年冬至夜偏长"。冬至是一年的第二十二个节气，是北半球白昼最短、黑夜最长的一天。"百花

[①] 本文原载于2019年12月28日微信公众号"阅品坊"，署名：哲子。

头上开,冰雪寒中见"。冷在三九,热在三伏。冬至过后,我国各地气候都将进入一个最寒冷的阶段,也就是人们常说的"进九"和"数九寒天"了,寒风萧,雪花飘。"冬至黑,过年疏;冬至疏,过年黑。"爸爸,去年的冬至,的确是我人生中黑夜最漫长、最寒冷、最黑暗的一天,我坠入无以言表的悲痛,不见天日。

冬至有物候。冬至的物候是,一候蚯蚓结,二候麋角解,三候水泉动。在古人看来,冬至的物候中,如果蚯蚓不盘结,说明国君政令行不通;如果麋鹿的角不脱落,意味着兵甲武器不能收藏,即有军事行动;如果地下水泉不涌动,说明阴气没有阳气来承接。如果把我们的生活比作青布拉克牧场,我就是孤独的牧民,您就是雪岭云杉林。雪岭云杉攀坡漫生,绵延不绝,犹如为牧民筑了一道沿山而卧的绿色长城。牧民在雪岭云杉林中才能安居放牧。我失去了长城,便失去了一切。爸,在我眼里,去年的冬至糟透了,蚯蚓不结,麋角不解,水泉不动。

冬至宜静养。《易经》说,先王以至日闭关,商旅不行,后不省方。《后汉书》中也说,"冬至前后,君子安身静体,百官绝事,不听政,择吉辰而后省事。"先王们会顺应天时,修道养身,以培养召回极微的正阳之气,使其潜滋暗长,不惊不扰。冬至为养生好时机,由于"气始于冬至",所以"不可动泄",在屋里好好待着是爱护自己的方式。去年的冬至,您仍如同往常,凌晨起床要出门锻炼。我应该提早告诉您冬至是一个宜静养的时候,提醒您在家休养生息啊!

冬至要观察。唐代诗人杜甫在诗《小至》中说:"刺绣五纹添弱线,吹葭六琯动浮灰。岸容待腊将舒柳,山意冲寒欲放梅。云物不殊乡国异,教儿且覆掌中杯。"绣女都能发现这一天比平时多添了几针线，为什么我就没有那么细微地去观察身边的生活与亲人？爸爸，如果我在去年冬至前那段时间能细致察看并预测您的变化，及早带您去医院问诊，杜绝凶险的发生，那该多好啊！

冬至需明智。据说在欧洲人拓荒北美大陆时，一家一村落会冰天雪地封住，与世隔绝，他们应对漫漫冬天的办法是读书，围着炉火诵读，以此找到与世界联系的通道，找到人生的意义。这样的过冬催生了心智。以前，我误把生命当作一口永不枯竭的井，对和您的相处时光并没有格外珍惜。然而命运告诉我们，所有事情只会发生有限的次数，甚至也许只有一两次。爸爸，今年以及往后的冬至，我一定会保持清醒的头脑，珍惜当下的人事，沉思、团契或阅读，以平定烦乱的思绪，安抚心灵的忏悔。

冬至文化浓。在冬季，一家人在一起数九被视为逍遥境界。明代有"画九"习俗。明代《帝京景物略》载："冬至日，画素梅一枝，为瓣八十有一。日染一瓣，瓣尽而九九出，则春深矣，曰九九消寒图。"清代有"写九"习俗。往往用"亭前垂柳珍重待春風"或"春前庭柏風送香盈室"九字，用粗毛笔着黑色，从头九第一天开始填写，每字九笔，每笔一天，九字写完正好八十一天。爸爸，您画画很厉害，毛笔字也写得好，您为我勾上一行"写九"字幅，我们一起围坐在火炉边慢慢划九，共同挨过漫长冬季！

冬至崇纪念。南宋孟元老《东京梦华录》记载："十一月冬至。京师最重此节，虽至贫者，一年之间，积累假借，至此日更易新衣，备办饮食，享祀先祖。"冬至节的祭拜活动有很多，主要有祭祖、拜父母、拜师等。冬至祭祖，是人们向祖先汇报一年的丰收情况，祈求祖先保佑的一种行为。爸爸，今天是冬至，我向您汇报，您想做

路 过

而没有做的事，我们一直在持续完成。您种的银杏树结果了，老家旧小区的电梯已顺利运转，妈妈安好了种植牙，您孙女日渐聪明伶俐……爸爸，您未了的心愿，我会拼命去实现。

冬至是转折。古人云，阴极之至，阳气始生，日南至，日短之至，日影长之至，故曰"冬至"。"冬至阳气起，君道长，故贺。"先民曾经以冬至为年年岁岁的结束或开始的节点。在罗马历书的冬至节，崇拜太阳神的人们把这一天当作春天的希望，万物复苏的开始。在大时间里，冬至的前面为剥卦时空，时空中的阳能被剥尽。但古人说，剥极必复，复则见天地心。什么是天地心？余世存认为，是太阳，是人心，是希望，是能量，是生命本身。复卦象征转折，暗示生存或是毁灭的重大历史转折关头。

"天时人事日相催，冬至阳生春又来"。爸，冬至"终藏之气至此而极也"，它很幽冷，但也迎福践长。"从今屈指春期近，莫使金尊对月空。"在漫漫冬日里，因阴阳流转，人们也有了一份慰藉和期许。去年冬至，我的心随着您的意外跌入无尽煎熬；今年又见冬至，我复得天地心，看到阳光、希望和能量。

祝您一切安好！

永远爱您的女儿
2019 年 12 月 22 日　冬至

生命的守护[1]

电影《狮子王》精彩绝伦，流露出的人性与自然主义让人过目难忘，史诗般呈现小狮子辛巴荡气回肠的成长之旅。小狮子辛巴在几位挚友的陪伴下，经历了生命中最光荣的时刻，也遭遇到最艰难的挑战，最后终于成为森林之王，在周而复始、生生不息的自然中体会出生命的真义。这应该不是一部悲情剧，但我看得眼泪流成了河。因为，剧中那位用爱、信仰和生命守护自己孩子的狮子王像极了我的父亲。我边看边想边缅怀，记忆的闸门被打开，感动散落一地。

一

非洲大草原上一轮红日冉冉升起，为高大的乞力马扎罗山披上金色的光纱，所有的动物涌向了荣耀石，兴奋地等待着一个重大消息的宣布：它们的国王木法沙将迎来自己的新生儿。这个新生儿就是小狮子辛巴，木法沙的法定接班人、荣耀石未来的国王。作为父亲，木法沙激动之情溢于言表。

---

[1] 《生命的守护》发表于《沙市文学》2019年秋季号。

路　过

　　30多年前的某天，我的父亲也与木法沙一样，对自己初生的孩子充满了无限喜悦。母亲生下我时，正逢父亲在外地出差。父亲得知这个消息后，不停地兴奋地向周围的人宣布："我当爸爸了！"回到家后，把我搂在怀里整整两天两夜。街坊邻居们告诉我，在我婴儿时期，父亲是抱我最多的一个人，有时会抱着小小的我在院子中央站半天。父亲站在那里想什么？我猜测，除了自豪与期待之外，他也掺杂着对孩子漫漫成长之路的构思与担忧。

　　转眼到了2017年8月，我经历了意想不到的困难生下了我的孩子。承受各种手术、各种形态的麻醉之后，我感觉自己已然站在了生死门的中间，一边是无边无际无穷无尽无色无味的黑暗，一边是虽然依稀感受却抓不到的现实。医生推着我，护士抱着我的孩子，慢慢地从手术室走向等待我的亲人。这条路太漫长了，世界太远，我无以为活。好容易，耳畔传来护士的呼喊："这是谁？"我努力地睁开双眼，看见了我的父亲，他正伸开那坚强有力的臂膀准备迎接我和我的孩子。父亲的笑容特别慈爱，身姿特别挺拔，样子特别伟岸，他仿佛在说，孩子，有我在，你什么都不用怕。顿时，生存的希望强烈地涌现在我的心底。于是，我大声而有力地回答："这是我的爸爸。"护士便把孩子交给了我的父亲。父亲对我说，我很远就听到了宝宝的哭声，哭得真动听，她是世上声音最好听的孩子。我笑了，这是生生不息的爱，爱能照亮一切。自此，父亲、我、我的孩子坚定地走向了光明的温暖。

　　我听见有人在吟唱：天地生生不息，一切皆有时。失望与希望，信念与爱，前路变清晰。找到自己位置，生命循环，是生生不息。

二

1. 陪伴

狮子王木法沙与儿子辛巴在夜色下谈心的情形真动人，一大一小的两个背影，一唱一和的两个心灵。在星空下，木法沙对儿子说，"辛巴，你看那些星星，过去那些伟大的君王就在那些星星上看着我们，逝去的君王会永远在天上指引着你，我也是。"这句话后来成为辛巴的信念之源。辛巴问爸爸："你是我永远的好朋友，对吗？"木法沙想了想后回答，"对。"其实，这位爸爸是想说，孩子，我对你的爱远远超出了朋友，超出了你的想象。

我的父亲对我的陪伴也历历在目。他会陪着我在山坡上说话，也会陪着我在家里吃饭，还会陪着我在操场上运动。父亲的话并不多，但他的举手投足无不流露出对我的关爱。一次，我大学期间放假回家，爸爸特意在外面买了几样我最爱吃的菜，满头大汗，但笑呵呵地。那天恰逢只有我们父女俩在家，一屋二人三菜，其乐融融，满满的亲情在空气中弥漫。这样温暖陪伴时光很多，什么都不做，但什么都美好。爸爸说，孩子，我只愿与你虚度光阴。气氛如此宁静，整个世界如同完美的和弦，跟万物在共鸣。爸爸对我的爱应该深植在潜意识里，以至于偶尔会把我的孩子错唤成我的乳名。我想，这大概是父亲时光错乱，误认为那个软软的小人就是我小时候的模样。

2. 教导

狮子王木法沙告诉儿子，你所见到的一切，都在微妙的平衡中

路　过

和谐共存。儿子问：既然如此，那我们为什么要吃羚羊？这位爸爸回答：当我们死后，尸体就会变成青草，羚羊就会来吃青草。我们就是这样互相连接，共同存在于这个巨大的生命轮回之中的。在与儿子的相处中，他不失时机地将玩耍、狩猎、逃生等技能教给儿子。

在我小时候，我的父亲也很有教育意识，教给我很多东西，比如画画、写毛笔字、写作、弹琴、摄影、下棋等，但我终究也没有将大部分技能坚持下去。我的爸爸也不强迫，只是希望我在诸多的观察、练习中找到自己的兴趣。找到自己喜欢、擅长的事，将其作为自己生命的锦，把其他爱好则当作生活的花。先铺好锦，再慢慢添上花，日子本来就很美。

3. 谈心

狮子王木法沙对儿子说，阳光所及的地方都是我们的国土，但国王的统治，就像太阳一样有起有落。总有一天，我的统治会落幕，日出时，你会一同升起，成为新的国王。其他人顺应着索取的本能，而真正的国王肩负承担的责任。王者不在于蛮横夺取，而在于贡献。真正的王者应当寻求如何奉献。

我的爸爸也说过类似的话。在我念高中时，他忽然对我说，你就是冉冉升起的太阳，越升越高，而我开始走下坡路了。当时的爸爸尚未退休，身体精力相当充沛，我认为爸爸很强大，不清楚他的话意。现在才明白，我的爸爸是看到了自然规律，道出了哲理。父亲也向我传达真善美，告诉我道德、勤奋、付出、忍耐等道理。一次，爸爸要我写一个毛笔字给他看，我写了个"忍"字。爸爸非常高兴，认为女儿开始长大了。父亲随即说道，不要相信所谓的命运，一切都要靠自己奋斗争取。人生不是一帆风顺的，有时候会经历痛苦与黑暗，这就得倚仗自己的忍耐力，静心地磨砺，耐心地等待，转机总会到来。

三

小狮子辛巴和小伙伴误入阴暗地带，遭到一群鬣狗的围攻与追捕，险些丧命。狮子王木法沙及时赶到，用强大的体魄与气场驱赶走了那群鬣狗，保护了自己的孩子。事后，木法沙教导孩子，要保护好自己。世界太庞杂，孩子太弱小，父亲往往冲在最前面予以保护。

影片中的这个场景仿佛是我们父女的往事再现。童年时期的一个午后，我惬意地在路边散步。父亲走在我后面，不时地教我认识路边的花花草草。忽然，一只大狼狗不知从哪里冒了出来，它体形硕大，牙齿尖锐，鼻腔里发出吼吼的闷声，怒气冲冲地朝我扑来，作出撕咬状。我恐惧地闭着眼睛等待世界末日。就在这时，父亲一个箭步冲上来挡在我的面前，狠狠地踹了那狗一脚。疯狗随即转移了目标，转而扑向我爸爸。我吓得跑远了躲在墙角，只见那只大狼狗用后腿站立时比爸爸还高，朝爸爸拼命猛扑、撕扯、狂咬。这件事成了我一生都挥之不去的记忆：父亲救了我的命，自己却被狼狗咬伤。对我舍命相救，我想除了父亲，没人会做。

在我人生的几个重要关口，父亲说得最多的就是要我照顾自己、相信自己。我独自上大学时，父亲别过身去掉了眼泪，交代我要照顾好自己；我结婚时初入婆家，父亲极不放心地委托婆家亲戚对我多担待，嘱咐我要照顾好自己；我考驾照时对自己的车技很悲观，

路 过

父亲坚定地说，我相信你的驾驶技巧与应变能力，你也要相信自己；我生产时，即将被护士推进手术室的那一刻，父亲到我身边对我说，"里面很冷，你要照顾自己、相信自己。"在我孩子刚出生的那段时间，父亲见我身体虚弱，所有抱娃、拎物的重活都主动承担，要求我好好休息、好好照顾自己……

之后，我的父亲因脑溢血进入了重症监护室。主治医生跟我谈话，医院前期已经提供了最好的医生、设备、药物，但手术后的平台期将面临很多并发症与敞口风险，那就只能靠父亲自己的综合身体状况和顽强精神毅力去抵抗。如果能平稳度过，则一切往好的方向发展；如果不能，就要面对最坏的结果。于是，在日常的视频探视期，我对父亲说得最多的也是照顾自己、相信自己。爸爸，坚强起来，一定要挺过去！

四

木法沙的弟弟刀疤骗辛巴到峡谷，再让鬣狗引角牛群冲进峡谷。木法沙为了救儿子辛巴冲进了角牛堆。拼命救下儿子后，木法沙自己却被刀疤推下了悬崖，就此殒身。虽然整件事是刀疤的阴谋布局，但辛巴对父亲的死仍怀有深深的内疚，毕竟父亲是为了救自己而离世。自此，小狮子辛巴陷入了无限的自责中，甚至失去了对生活的希望。然而，狐獴、疣猪等几位快乐的朋友帮助辛巴走出了阴霾。"哈库那 玛塔塔"是他们的座右铭。唱唱歌曲，喊喊口号，没有烦恼，无忧无虑，听天由命。要想改变未来，必须把过去抛诸脑后。

树欲静而风不止，子欲养而亲不待。和影片中的辛巴一样，父母能否享受到子女的奉养并不以子女的意志为转移，为此，子女心中充满了内疚与悲痛。记得我奶奶去世时，爸爸给我发了一条长长的短信，表达了他内心未能尽孝的痛苦、自责。透过那些文字，我依稀能感受到一位儿子的悲苦。时光荏苒，父亲忽然离世给我当头一棒，让我沉痛而又生硬地领悟到"子欲养而亲不待"的伤害。

还好，父亲向我传导了积极乐观的正能量。爸爸告诉我，不要理会琐事。记得我们父女俩分享过一个小故事。狮子看见一条疯狗赶紧躲开。小狮子问：爸爸，你敢和老虎猎豹争雄，为何躲避一条疯狗？雄狮问：孩子，打败一条疯狗光荣吗？小狮子摇头。"让疯狗咬一口倒霉吗？"小狮子点头。"既然如此，干嘛去招惹一条疯狗？"所以，专注于自己的目标，对一些无关紧要的人事，微微一笑远离即可。爸爸也告诉我，凡事都有积极之处。万物皆有裂缝，那是阳光照进来的地方。不要钻牛角尖儿，如果找不到出口，那就换角度、换心态、换立场，耐心地寻觅，总能看到阳光透进来的缝隙。于是，每每在生活中遇到瓶颈，我会静坐冥想父亲的话，孩子，没有过不去的坎儿，耐心一点儿，去感受，去寻找，去思考。

五

辛巴在另一个世界忘记了自己的身份与职责，认为自己"谁也不是"。但是，两位重要的人物唤醒了辛巴内心的巨人。一是辛巴的爱人娜娜从现实世界唤醒辛巴。娜娜千里迢迢找到辛巴，告诉他：刀疤夺走了荣耀王国，这可不是我记忆中的家园。你必须重回荣耀王国，夺回王位，成为真正的国王。我们必须一同守护我们的荣耀王

路　过

国，决不能轻易抛弃我们的家园。我们需要你，回家吧。二是荣耀石王国的灵魂守护者山魈从精神世界唤醒辛巴。山魈带着辛巴去寻找父亲，寻找属于自己的身份。面对河水中的倒影，山魈说，仔细看，父亲就住在你心里。冥冥中，父亲曾经的嘱托响彻耳畔，"辛巴，你看那些星星，过去那些伟大的君王就在那些星星上看着我们，逝去的君王会永远在天上指引着你，我也是。""你必须在生命的循环与轮回中找到自己的位置，永远记住你是谁。"慢慢地，辛巴开窍了：我是辛巴，木法沙之子，荣耀石王国的狮子王。父亲曾让我保护阳光照耀到的所有地方，如果我不为它而战斗，还能有谁？

　　小时候，爸爸为我讲过一个寻找自己的童话故事，名字叫《我不知道我是谁》。兔子达利不知道自己是谁，不知道自己应该住在哪里、该吃什么，不知道自己的脚为什么那么大。直到有一天，她遇见了黄鼠狼洁西。洁西爬到了达利身边，用刺耳的声音说："我吃兔子！像你一样的兔子！"达利吃惊了："我是兔子？"洁西点点头，舔舔嘴唇，向达利扑过去。达利想都没想，像闪电一样转过身，用她的超级大脚使劲一踢。洁西飞过天空，远远地，从哪儿来又飞回哪儿去了。其他的兔子欢呼："你是一个英雄，达利！"至此，兔子达利才明白，她是兔子，是一只长着大脚的英雄兔子。当时，我仅感觉那只傻傻的兔子很可爱，其中有些道理经过岁月的洗礼才逐渐明白。生灵追寻天空的启示。不拘泥世俗凡人的目光，努力探究是非黑白，奔向前方那光芒。在危难紧要关头，脚踩星河踏月，燃烧生命赐予的能量，不惧强敌我在。世界上最大的谎言是你不行。始终记住你是谁，认识自己，相信自己，依靠自己，战胜自己。记住这一切。

六

　　父亲,好大一颗爱心树,为子女无私提供树叶、果实、树枝、树干等自己所有的一切,尽全力给孩子创造游乐、纳凉、休息、庇护的场所,不分昼夜为子女造福。"咬定青山不放松,立根原在破岩中。千磨万击还坚劲,任尔东西南北风。"父亲对子女的爱就是一种信仰,刚正不阿、坚强不屈,有着无穷的神韵和顽强的生命力,在曲折恶劣的环境中饱经磨难,但绝不畏惧、不妥协、不动摇。父亲的胸怀在蓝天,深情藏沃土,满满洒下爱的音符。

　　《约翰福音》上说,"只等真理的圣灵来了。他要引导你们明白一切的真理;因为他不是凭自己说的,乃是把他所听见的都说出来,并要把将来的事告诉你们。他要荣耀我,因为他要将受于我的告诉你们。凡父所有的,都是我的;所以我说,他要将受于我的告诉你们。"父爱如山,山无言。父亲犹如一本厚重的书,恐怕需要花费我一生的时间去读懂领悟。致敬,木法沙!致敬,我的父亲!致敬,用生命诠释爱的王者!

路　过

致父亲[①]

——写于父亲别离时

父亲躺在永恒的床榻上，平和而又安详，但我的身心却排山倒海般不得宁静。父亲的音容笑貌犹在眼前，谆谆教诲响彻耳畔，恩情宠爱尚未远去。父爱恩重如山，感深至骨。在父亲别离时，但愿我拙浅的只言片语能表达出几分深意。

我的父亲历来注重家庭、家教与家风。作为一名纪检工作者，他把家风建设摆在重要位置，言传身教，廉洁齐家。父亲常说，"家是最小国，国是千万家，家风浩然敦厚，作风才严实清廉。"

父亲教导我形成良好的品德。爸爸说，社会需要德才兼备的人，德永远摆在第一位。父亲生活简朴，严于律己，一生行好事，为我作出了榜样。比如，他曾舍身救火、曾挺身而出制止恶行、曾接济贫困的人……《淮南子》描述，"兰生幽谷，不为莫服而不芳；君子行义，不为莫知而止休。"我的父亲便是如兰的君子，行仁义之事，不因为没有人知道而停止。

父亲教导我要勤勉努力。父亲告诉我，勤奋是通往目标的唯一路径，想要看到奇迹，首先自己得要努力。他还把丘吉尔的话念给

[①] 本文原载于2019年2月6日微信公众号"阅品坊"，署名：哲子。

我听,"只要我们有对自己事业的信仰和不可战胜的意志,我们就能取得胜利。"我父亲参加了九八抗洪,他大力弘扬"万众一心、众志成城,不怕困难、顽强拼搏,坚忍不拔、敢于胜利"的抗洪精神,不顾劳累,拼尽全力,连续作战在抗洪一线,以致自己身体受损。

父亲教导我保持豁达的心态。每每家人遇到解不开的心坎向父亲倾诉,他会说,当上帝关上一扇门,他会在别处开一扇窗。生命如此短暂,稍纵即逝,快乐、知足便好,没有什么事情放不下。我不知道这种豁达淡然的心态要修炼多少年才能达到。

更重要的是,父亲教会了我如何去爱。父亲对事业的爱是忠诚的,对朋友的爱是无私的,对家人的爱是无与伦比的。父亲对晚辈特别是对他外孙女康康的爱无以言表,这种爱时刻流露在他的眉宇间,展现在他的举手投足中。2018年12月21日晚,也就是我父亲突发脑溢血前的那个夜晚,我的父亲临行前依依不舍地亲吻着康康的面颊,康康也深情回吻。那一刻如果能定格,多好!

我父亲的业务爱好是写毛笔字。他书写的字端正有力,向背分明。见字如晤,见到我父亲的字,我仿佛看见了他这个人——只见父亲沉浸在书法中,凝神静气,禅定自如,正气浩然,犹如在隔绝尘世中独自修炼。父亲告诉我,写字是一种修行,让人知美丑、明是非,懂进退,能锤炼品格、磨砺意志、形成格局。我希望自己能记住父亲的教诲,把这项有意义的爱好坚持下去。

当父亲离我远去时,我愿跪在父亲灵柩前作出深深忏悔,因为我自觉作为女儿,对父亲付出得非常不够。如果有来世,我定会加倍偿还。有一些人,"当他们的目的达到以后,他们便凋谢零落,就像脱却果实的空壳一样"。我的父亲便在完成抚育孩子成人的使命

路　过

后，忽然凋谢零落，一点儿福分也不要。如果把生活比喻成一座房子，那么，父母就是这座房的屋顶，为我们遮风挡雨。如今，我的屋顶已坍塌毁损，无法补救，令我痛心疾首。被父亲呵护在手掌心的小孩儿突然要独自上场，身后空荡荡。

经历痛苦的黑暗，是为到达珍惜的光明。除去悔恨和哀痛，如有在天之灵，我的父亲一定希望我有更加透彻的觉悟。面对亲人的离去是我们都要经历的人生重负，要对此理解并接纳需要大智慧，一些哲人提供了自己高瞻的见解。比如，歌德在谈到自己的死亡时说，死亡对于我来说，不是我在宇宙中消失，不过是我以此一种能量形式转化为彼一种能量形式而存在。某种程度上，死亡使我在肉体的束缚中解脱而能够弥散于无限时空当中。所以，死亡对我而言是一种更自由的存在状态和更无处不在的存在感。又如，庄子面对爱妻的死亡时说，我的妻子其实是回家了，生命从大自然来，死亡是生命回归为大自然的一部分。再如，黑格尔在给友人的信中谈到了拿破仑这个欧洲伟大的人物，他说："我看见拿破仑，这个世界精神，在巡视全城。当我看见这样一个伟大人物时，真令我发生一种奇异的感觉。他骑在马背上，他在这里，集中在这一点上他要达到全世界、统治全世界。"他幽默而深意地称拿破仑为"马背上的世界精神"，这样叱咤风云的英雄人物也不过是"世界精神的代理人"。于是，我想，我父亲的生命并没有被死亡阻断，而是进入了另一种能量形态，成为我的意志、我的精神、我的图腾。就像一株植物，当胚芽消失时，花朵盛开了；当花朵凋零时，果实呈现了。

至此，我才痛彻领悟，这世界上最宝贵稀缺的资源是父爱，无法复制，不能再生，比大海还辽阔宽容，比山峰还硬朗挺拔，比星辰还睿智明朗。虽然我已不能再享有,但父亲自始至终都是推动我前进的积极动能。我记得父亲曾说,我是他的生命的延续。所以,我要充满力量,秉承父亲正直的人格和高尚的灵魂,成为对社会有用的人。父亲已然化成一束光,照亮我余下的人生路径。

路 过

战胜自己[①]

——女儿骑平衡车记

我的女儿康康不到 3 岁。她天生文静、谨慎，其体育运动能力一直是我担心的问题。比如，骑幼儿平衡车这项运动，邻居家同龄的男孩儿上手就会，骑得飞快、生猛，但我家康康一直不敢骑、不会骑。

于是，我给康康报了个骑行车培训班。体育训练不是为了追求冠军，也不是为了成为专业运动员。我希望通过体育锻炼，孩子可以收获强健的体魄、坚韧的品格、内心的自信等无形财富，能够让她体验到比赛精神、努力拼搏的价值，日积月累能承受同龄孩子无法承受的压力。康康在这个平衡车班里摸爬滚打，练习、跌倒、碰撞，身上因此积下不少淤青，同时也收获满满。

在学习骑行技能的过程中，逐渐培养了康康的规则意识。平衡车骑行，得掌握一些运动的特点与规律，比如竞速动作要领、参赛程序、边界意识等。教练教了基础要点，"双脚滑行，双脚平行同时向后蹬地，前脚掌发力！手臂用力扶稳车把！讲究人车合一！"另外，还有正确地上下车、刹车练习、双脚滑行、单脚滑行、处理弯

[①] 本文原载于 2020 年 8 月 1 日微信公众号"阅品坊"，署名：哲子。

道、收脚 S 弯、基础出发姿势、赛道循环与直线加速等技能。这些都非常锻炼孩子们的平衡感以及身体协调能力和腿部的爆发力。我不确定康康是否能够领会这些知识，但经过每天的练习，她的进步是比较明显的。冰冻三尺非一日之寒，成功没有捷径，勤练习的孩子才能脱颖而出，这是亘古不变的定律。

另外，康康变得更独立、勇敢。平衡车骑行班的教练都是年轻的男性。与之前接触过的亲子班的女老师的温柔细腻相比，男老师显得很独立、勇敢、强悍。在第一堂课上，happy 老师坚定地对康康说，不许让家长扶，自己拿着车子摸索，跟着我跑。这一下子就让康康哭了，平常在家里被娇养的她适应不了这种突如其来的严厉，着急又伤心。在以后的课程中，这些年轻的男教练也在反复强调：家长要放手，让孩子独立完成，她可以的！现在想想，这些男老师的教学理念是正确的。我们平时对孩子的过度帮助和保护确实剥夺了孩子的一些自理能力，爱孩子，就要放手。放手让孩子跟着教练学习，自己解决问题，这是骑行的关键。

更可喜的是，康康在学习的过程中遇到了一些良师益友，这在她的童年记忆里是相当珍贵的。例如一位与康康一起学车的小姐姐，还有住在我家楼上的一个 4 岁多的小哥哥点点。同龄人的沟通仿佛更加顺畅，他们对康康的骑行教导又细致又耐心，拼尽全力，哪怕自己汗流浃背也要对康康妹妹细心呵护。面对康康刚开始不敢骑车的失望，点点小哥哥还带来鼓励："我刚开始也不会骑，后来就练习，最后还得了比赛冠军呢！"孩子的善心善举，在相互帮助中显得格外温暖，我想康康心里应该飞起了蝴蝶，"哇，这就是友谊！"

课程结束，培训班要举办全市范围内的平衡车骑行比赛。比赛

路　过

前晚，奶奶不无担心地对我说，"别的孩子太快太猛，我怕他们比赛期间把康康撞倒或挤伤，康康明天不要参加比赛了，只站在旁边看着就行。"我拒绝了，临阵脱逃不是我们家的风范。这是孩子人生中的第一次竞赛。感受竞争与挑战的氛围是孩子的必修课，无论输赢，尽力就好。

果然，在比赛当天，小朋友的赛场发生了不少状况。有的孩子因各种原因没有参赛；有心急的家长跃进赛道拉孩子前行导致孩子比赛成绩被取消；有的孩子情绪失控在赛场上号啕大哭而影响了正常发挥……小孩儿的赛场不正是成年人大千世界的缩影吗？有人不敢上台只能当观众，有人心急火燎、弄巧成拙，有人不会管理情绪而办砸事情。

康康的比赛即将开始，前面领跑的姐姐车上系着一个可爱的米奇气球。我对康说，"握紧车龙头，保护自己的安全，不要理会别人，你自己尽力往前冲，追着米奇气球跑就行。"面对周围数百个观众的呐喊、狂欢，康康表现得毫不慌乱，她记着我的话，不管别人，盯着米奇气球，一步一步地向前跑。我竖起大拇指举过头顶，站在终点线的醒目处等待女儿凯旋。孩子的坚持离不开爸爸妈妈自始至终的要求和鼓励。最后，她超过我和家里所有人的预期，不仅独立完成了比赛，还取得了进入半决赛的好成绩，获得了奖状、奖品。康康比赛冲过终点线后，大汗淋漓，疲劳之余透露出满脸的兴奋，毕竟这么高强度的多轮比赛，不是普通宝宝能有体力和毅力坚持下来的。在比赛中，康康表现卓越，我以她为豪。

有人问，康康并没有获得冠亚军，你为什么还很满意？我认为，人的能力是立体多维的，在各个维度都呈现不同的水平，不同的体质、不同的起点、不同的爱好偏向、不同的练习程度……比赛的真正意义是跟昨天的自己比有没有进步，而不是与其他人比较。与之前完全不会骑平衡车的状态相比，康康的进步是巨大的。在平衡车的训练与比赛中，孩子的适应力得以提升。每一轮骑行都是挑战极限、超越自我的过程，孩子懂得了调整内在情绪，独立能力得到很大的锻炼。适应力是孩子生命成长中非常重要的能力，到任何一个新的环境，他们都知道如何自信独立地处理事情。

希望在以后的所有人生赛事上，我和女儿都要如同这般英勇，肯定自己、鼓励自己、战胜自己。有人说，父母是孩子的光，父母照到哪里，孩子就走到哪里。但我觉得，有时，孩子也是我的光，给我带来灵感、信念与力量。

路 过

寻绘本记[①]

和很多妈妈一样,我也为孩子苦苦寻觅美好的绘本。

婴儿已经具备了接受早期教育的生理基础。据研究表明:婴儿第一年的脑重量增加最快,新生儿脑重量约为三百九十克,九个月儿童即达六百六十克,每天增加量约为一克,脑的大小已为成年人脑重量的二分之一,二岁半儿童达到成年人脑量的三分之二,三岁儿童达到成年人的四分之三。所以,不要小瞧眼前这位小小人,他的学习潜力已经超乎寻常,只等着被人发掘。法国哲学家爱尔维修说:"即使是普通的孩子,只要教育得法,也会成为不平凡的人。"作为孩子的父母,有义务适时对孩子提供恰当的教育内容和方法,成为孩子潜能曙光的开拓者。

社会呼吁德智体美劳全面发展的接班人。其中,美育是综合性教育的重要部分。美好的读物能带给孩子美的享受和审美能力的提升,是美育的途径之一。让娃娃读绘本并不是要强迫孩子吸收知识,而是想让他拥有对美的感知力与鉴赏力。美感能促进孩子的创造力、想象力,激发其探索外界的兴趣和发现远方的能力,进而给孩子带来更多方式看待世界的可能。同时,爸爸妈妈与宝宝一起看绘本是

[①] 本文原载于 2019 年 3 月 28 日微信公众号"阅品坊",署名:哲子。

一项有益的亲子活动，可以共同营造一份独特的快乐阅读时光。

在为孩子选书的路上，我不断试错，模式由"多而杂"逐渐过渡到"简而精"。最初，我不停地买买买，从中文的到英文的，从平面的到立体的，从纸质的到布艺的，从黑白的到彩色的，从单行本到套装版……后来渐渐意识到，如此海量的绘本对宝宝并不是件好事，一来太多东西容易分散精力，不利于宝宝专注力的形成；二来毕竟宝宝还小，没有那么多时间精力去应付琳琅满目的绘本。于是，我又在书单中精简，从图书质量、获奖情况、综合口碑等多方面考量，只留下少数几样我认为比较经典的婴儿读物。比如在北美囊括儿童出版类 14 项大奖的 Cricket Media 童书，其中的《Babybug》适合三岁以下的宝宝读，内容精美，为孩子打开一扇触摸世界的窗口；又如《National Geographic Little Kids》，以其优质图片为宝宝展现动物、植物等多彩波澜，鼓励孩子探索自然；还有《婴儿画报》，用趣味认知图画、行为养成小故事等引导宝宝建立好习惯。

我希望孩子在我精心挑选的绘本中感受美、认识美，拥有一个美好的童年，进而收获快乐的心态，形成良好的品格。

路　过

时间资本[1]

时间是隐秘而又珍稀的。古希腊哲学家亚里士多德曾长叹，"我们周围世界的不了解的事物中最不清楚的就是时间，因为谁也不知道什么叫作时间和怎样控制时间。"时间资本似隐蔽的钻石，很多人"得到的时候不知感谢，有了的时候不知享受，给人的时候心不在焉，失掉的时候不知不觉"。

人一生拥有的时间只有几十年，谁都不能保证将有限的时间合理统筹安排在自己的事业上。有人提出"三万天学习论"，设定人生寿命为八十一岁，把生命分为"成长时代""活跃时代""充实时代"三个时期，每个时期二十七年，大约一万天左右。就连歌德都曾后悔地说，"我在许多不属于我本行的事业上浪费了太多的时间，"假如分清主次的话，"我就很可能把最珍贵的金刚石拿到手。"

培根说，"时间是衡量事业的标准。"时间即人们发展的空间，时间带来成果，任何收获都是时间与行动结合后的产物。没有花费时间的计划就是空想，付出时间与心血的目标才能转换为成就。伟人在有限的一生中，做出了超越常人的贡献，这与他们管理时间的理念密切相关。比如鲁迅一生中写作、翻译了六百多万字著作，再

---

[1] 《时间资本》发表于《中国城市金融》2019年第7期。

如爱迪生一生有一千多项科学发明。

　　合理支配时间是一种必要的生存能力，高效工作迫在眉睫。人的时间是一个整体，工作时间与业余时间相互影响与制约，"珍惜工作时间，无异于扩大了业余时间，也就是扩大了全面发展所必须的条件。"在单位时间内如何更好地平衡工作与生活，是一个很有价值的课题，时间运筹学应运而生。所以，我们要树立强烈的时间观，办事高效，速战速决。今日事今日毕，明天才会有奇迹。

路　过

建立并遵守自己的时区[1]

在急速流转的日子中，有人被各种繁杂琐事牵着鼻子走，匆忙凌散，杂乱无章，在无效的忙乎中丧失了自我，感觉生活变成一团乱麻。对于自己的梦想，有时看不清也抓不住，有时隐约看见了却无法使力。得知别人的成果后难免焦急，从而陷入无限的烦闷中。这个时候，很有必要停下来梳理自己的日常，建立并遵守自己的时区。

世界分成二十四个时区，每个时区各成一派。人们的生活也如此，存在各自不同的时区。不必比较，不必焦虑，更不用惊慌，在自己的时区里自由、有序前行，活出自己的精彩便好。就像网上流行的那首小诗所说：

纽约比加州早三小时，但加州的时间并没有变慢。
世界上每个人都在自己的'时区'里前行。
身边的人有的看似走在你前面，也有人看似走在你后面。
但其实每个人都在自己的时区里为自己奔跑。
不要嫉妒，也不要嘲笑。

---

[1] 本文原载于 2019 年 6 月 4 日微信公众号"阅品坊"，署名：哲子。

他们在他们的时区里，你在你自己的时区里。

生命，就是等待合适的时机尽情绽放。

所以，放轻松。

你没有落后，

也没有领先。

在命运为你安排的时区里，你很准时！

自己的时区就是自己生活的指南针，时区观念的形成益处多。一有利于自身的综合成长，与时俱进。要善于持续"栽培"自己，除了工作时间的果腹外，还得利用业余时间耕种未来。人与人之间的差距就在于业余时间的行动，而规划业余时间的前提是要建立自己的计划时区。二有利于生活明朗，身心愉悦。清晰的路线图有助于建立有序的生活，自己的时区将梦想与爱好、重点与小事梳理清楚，生活变得明朗，身心变得愉悦。三有利于高效工作，实现梦想。在自己的时区内，明确了工作学习的轻重缓急，行动的主次先后显得一目了然，从而提高了效率，对实现自己的梦想大有帮助。

磨刀不误砍柴工。在繁杂生活中花一点儿时间建立自己的时区很有必要。首先，要明确梦想盘。认识自己是第一步。分析自己的梦想，找准自己内心真正想要的东西、想过的生活。关于丰盈人生的、生存必备的、兴趣爱好的都要理清楚。将重点放在自己的主体梦想上，认真分析其包含内容、提升方法，其他分次列入。把每日必做的与依次循环的区别开来。其次，要构建时间表。梳理自己的日常并据此制订时间计划表。工作时间与业务时间、作息时间与运动时间、大片时间与碎片时间的计划都得统筹安排好。具体到什么

路　过

时段做什么事，用多久完成等。最后，要备好日清本。准备一个日清记录本，清晨梳理下当天需做的事，按照轻重缓急排序，还可依据自己所需分为"必做""琐事""工作""生活"等板块，晚上再整理自己的计划完成情况，给自己一个整体评价。

　　在建立自己的时区后，紧盯目标，心无旁骛地在此轨道上前行。就像电影《飞驰人生》中的张弛，坚定地怀揣驰骋赛车界的梦想，虽然被残酷现实频频打脸，但仍使出浑身解数完成计划，克服重重困难重返赛场，用毕生热情完成了对自己的承诺。激情飞驰在自己的梦想赛道上，此生奉献给自己所热爱的一切，"尽吾志也而不能至者，可以无悔矣"。美国哈佛大学的两位心理学家做了一项关于幸福的研究，研究表明，感到幸福的人们有两点相同：1. 明确地知道自己的人生目标；2. 感觉到自己正在稳步地向目标前进。建立并遵守自己的时区便有利于明确自己的人生目标，也有利于约束自己稳步朝目标迈进，从而收获属于自己的幸福。

品年味①

"天寒色青苍,北风叫枯桑。厚冰无裂文,短日有冷光。"今年的"大寒"很难得,与腊八节是同一天。大寒一到年味渐浓,腊八节也拉开了春节的序幕。

过年的美食值得期待。"大寒食糯米"的习俗将糯米这种普通食物推上了尊崇之位,也酿出数不清的温暖味道。我喜欢那种热火朝天的方式,就是用竹筒来装糯米,大火猛烧,看一看,尝一尝,所有的寒意就都一扫而空了。"大寒到顶点,日后天渐暖。"大寒再冷,也不过是强弩之末,吃罢驱寒饭,转眼是春天。美食也各有其意义,经祖辈们口口传诵下来。鱼意味年年有余,甜品代表甜甜蜜蜜,馄饨、饺子破阴释阳、顺应节气,汤圆寓意添岁、团圆……无论是高远的寄托,还是世俗的追求,都一一成就着长盛不衰的春节美食。

每逢春节,父亲都会用毛笔写"福"字贴在家中。父亲告诉我,"五福"在《尚书·洪范》中指寿、富、康宁、攸好德、考终命。其中"寿"即长寿,"富"即富贵、富足,"康宁"指健康安逸,"攸好德"意为从善如流、修具好的品德,"考终命"指善终,古人认为只有行善好施的人才能善终。相传,在辞旧迎新之时,清代皇

---

① 本文原载于2021年2月6日微信公众号"阅品坊",署名:哲子。

路　过

帝会向家族宗亲、臣工使节等赐赠辞岁荷包、文玩书籍等礼品，称为"馈岁"。而如今，长辈们也在过年时发红包、福袋，这给春节增添了不少喜庆气息。偶尔，母亲还会把新买的刻着祝福语的金币、银钱包在饺子馅里，让我们出其不意地咬到硬邦邦的惊喜。

　　热腾腾的年饭桌上盛载着沉甸甸的生活。吃团年饭是一家人难得团聚之时，适合商讨生活重要大事。在电影《没有过不去的年》中，老母亲在团年饭桌上谈到了自己的养老归属、财产分配。在电影《吉祥如意》中，吃团年饭时，对于失去行为能力的王吉祥的去留问题，一大家人展开了激昂的讨论。有次，我在吃年饭时也向父亲道出了疑惑，站在分岔路口无从选择。父亲回答："那就建一条昆曼公路，构建多领域交流的大通道。"生活本身就够激动人心的了，一切要来的都得来。在团年桌上，吃的是年饭，嚼得是生活。

　　近日，我的婆婆对我3岁多的女儿说，"跟我回老家过年吧。"女儿摇头。我问："为什么？"女儿答："我爱妈妈。"婆婆在旁边故意唱："世上只有奶奶好。"女儿捂嘴笑，然后纠正，"世上只有妈妈好。"我的宝贝是有灵性的，她在用她那纯洁如玉的心灵感知这个世界。从我为她认真准备的食物里，从我晚上熬夜照顾她的疲惫里，从我所有爱她的言行举止里，她幼小的心里已有结论：妈妈是她最亲爱的人，妈妈在哪儿，家在哪儿，年在哪儿。

　　仿佛有道光，洒进老家的厨房里。我看见，我的奶奶站在光亮中为我们全家人准备干鱼腊肉。奶奶抬头望向我，眼里满是对我的宠溺。制作年货大概就需要这样的心境，把对家人毫无添加的爱揉进食物里，可以滋润，可以疗养。于是，奶奶拿着锅具的手稳稳的，像一个盛大的仪式。让宁静留住，将世俗隔绝。制作年货是一种生活方式，只有耳濡目染了这股年味，才明白，家是一种信仰。年是岁月的轮回，教会了我们生命的意义。只可惜，时过境迁，斯人已故。正如《爱在午夜降临前》中说："一如日升、日落，抑或任何转瞬即逝的事物，就像我们的生活。我们出现，然后我们又消失，我们对于一些人是如此重要，但我们只是经过。"对于我们最爱的人，不说永远，只说珍惜。幸运的是，爱跨过年坎传承了下来。

周国平在《风中的纸屑》中说，"世上有味之事，包括诗，酒，哲学，爱情，往往无用。吟无用之诗，醉无用之酒，读无用之书，钟无用之情，终于成一无用之人，却因此活得有滋有味。"而我觉得，年是最美中国味，除了饱含美食之味、生活之味、智慧之味，更蕴藏着浓浓的亲情味。在亲人的嘘寒问暖、一笑一颦里，所有伤痕都已治愈。我们对生活的一切困惑，家都会给出答案。世界再大，心有牵挂必是家。

路　过

致逆行的你[①]

亲爱的爱人：

那天，你逆行，奔向风暴之眼。

最近我读了不少逆行者的故事，得知战士向"战疫"一线进发时，心中的敬佩之情油然而生。但这次面对的是你的逆行，我心里居然开始沉重，参差着五味杂粮，有自豪、有担忧、有不舍、有心疼、有悲伤……

家是永远的港湾。身后，是温馨的家；前方，是防疫一线。作为逆行者的家属，同样要承受一番不轻松的心灵考量。

临行前的对话，还在耳畔。

我问，为什么要去？

你答，在疫情抗战中，党员要发挥战斗堡垒作用和先锋模范作用。各级党组织领导干部需不忘初心，牢记使命，坚守岗位，靠前指挥，守土尽责。

我选择放手，是因为我希望你成为更好的自己。林海音在《城南旧事》中说，"人生就像是一块拼图，认识一个人越久越深，这幅

[①] 本文原名为《给逆行的你的一封信》，发表于2020年2月24日"金融文坛"微信公众号。

图就越完整。但它始终无法看到全部，因为每一个人都是一个谜，没必要一定看透，却总也看不完。"世界很大，生命不息，奋斗不止。尽力完善自己的人生拼图，不用相信手掌的纹路，但要相信手掌加上手指的力量。为了抵御未知的风雨，为了过上想要的生活，必须选择努力。自律方能自强，吃不了自律的苦，注定要吃平庸的苦。勇敢活出自我，不用跟随模仿，不要千篇一律。只要下定了改变的决心，什么时候开始都不算晚。立即行动，否则，所有梦想不过是幻想而已。生活不会尽善尽美，但需学会反思，从错误中汲取教训、收获经验，一定能越做越好。坚持下去，只要还在向前走，就又接近了目标一点儿。一寸光阴一寸金，寸金难买寸光阴。请认真对待每一天，惜时是给自己最好的礼物。烈火试真金，逆境试强者。别懈怠、别退缩，生活从不会亏待每个努力的你。"烟雨莽苍苍，龟蛇锁大江"。我们都曾有过梦想。宇宙山河浪漫，生活点滴温暖，都值得你前进。但愿你的生命有如铁砧，愈被敲打，愈能发出璀璨火花。

　　沈从文说，"孤独一点儿，在你缺少一切的时候，你就会发现，你还有个你自己。"生活就像海洋，意志坚强才能到达彼岸，做个正直而温暖的人，记得在孤独的时候想想微妙的感动。我俩曾在武汉就读大学，那里留下了我们许多美好的回忆。武汉的早餐是我们的最爱。武汉地处汉江和长江的交汇处，历史上码头文化兴盛，人们要抓紧时间赶到集市，形成在外"过早"的习惯，并延续至今。清晨，每家早餐铺前都能看到人车交织、拥挤嘈杂的景象。武汉的早餐品种丰富多样，除了热干面、豆皮、糊汤粉、面窝、糊米酒等一批武汉根红苗正、土生土长的传统小吃外，还有糯米包油条、灌汤

路　过

包等外来货。所以，在武汉过早，吃一个月不重样是能轻松做到的。武汉的美景也让我们流连忘返。"江流天地外，山色有无中。郡邑浮前浦，波澜动远空。"但愿疫情快过去，我们又能自如地品尝到美食、欣赏到美景。

社会有把隐形的尺，有杆公平的秤，在评价、掂量着这场防控疫情大考。干好干坏不一样，奖惩分明不含糊！

有人得高分。很多人与时间赛跑，与病魔较量，在打赢疫情防控阻击战中发挥重要作用，用实际行动书写着对党和人民的忠诚。有奋战在抗疫一线的英雄。例如金银潭医院院长张定宇，舍身忘我，迎难而上，共克时艰，获记功奖励。也有在后方为前线人员提供支持的人。例如有公司争分夺秒，制作更多防护服以送往疫情一线。

有人不及格。防控疫情，即便帮不了忙，也别添乱。欺人如欺天，毋自欺也；负民即负国，何忍负之？有失职之人，因履职不到位多地领导干部被问责。有违法之徒。据悉，被确诊新型冠状病毒感染肺炎的郦某某，在隔离观察治疗期间，拒不执行卫生防疫机构的预防、控制措施，放任向不特定人员传播突发传染病病原体，危害公共安全，触犯了刑法规定，涉嫌以危险方法危害公共安全罪被立案侦查。

世上无难事，只要肯登攀。知敬畏、存戒惧、守底线，心存信念，才能打赢这场阻击战！作为你的爱人，我希望你关键时刻顶得住，把群众安危放在心里、把防控责任扛在肩上，才能不负斯民不负国，在这次抗疫大考中勇夺高分！

我们一起选择希望。只要有信心，人永远不会挫败。抗疫现场上的振奋消息如春雷般贯耳，在艰难的时候想想这些。据悉，军队抽组1400名医护人员于2月3日起承担武汉火神山新型冠状病毒感染肺炎专科医院医疗救治任务。此次抽组的医疗力量来自全军不同的医疗单位，医护人员中有不少人曾参加小汤山医院抗击非典任务以及援助塞拉利昂、利比里亚抗击埃博拉疫情任务，具有丰富的传染病救治经验。军医在武汉许下誓言：我们在武汉，抗击新冠。首战用我，用我必胜！正如《老人与海》中说，"他的希望和信心从不消失，如今正像微风渐起那么重新旺盛起来。"无论发生什么事，站起来，继续前进。

另外，我想提醒你，好好照顾自己，身体健康是其他一切的前提。

选择正确的防护措施，防患于未然。出门前，测量体温，评估自身健康，准备好一天的口罩、手套、消毒液、纸巾等必备物品。工作中，电梯安全、办公环境、就餐细节等都得注意。下班后，洗好手，戴好口罩，不逗留，立即回家，坚决不要约饭、聚会。到家以后，开窗通风，对随身物品及时清洗消毒，勤洗手，多饮水，劳逸结合。

保持健康的生活状态，提高免疫力。一要保证睡眠，晚上不要胡思乱想，早点儿休息；二要均衡饮食，少食多餐，多吃蔬菜、水果，勤喝水，不挑食，均衡地摄入能量；三要适度运动，选择适合自己的方式，坚持就好。另外，需配合做好个人健康监测。

建立良好的心理素质，强大驱动力。积极乐观起来，赶走失落、空虚等负面情绪。发挥自己的才能与兴趣爱好，读一本书，下一局棋，追一部剧，舒缓下心理压力，不断给自己制造一个个"小惊喜""小感动""小安抚"。待疫情结束后，我们一起畅游九州。

路 过

莫泊桑在《一生》中说，"生活不可能像你想象的那么好，但也不会像你想象的那么糟。我觉得人的脆弱和坚强都超乎自己的想象。有时，我可能脆弱得一句话就泪流满面；有时，也发现自己咬着牙走了很长的路。"强者不是没眼泪，只是能含着眼泪向前跑。我相信，你就是人生中的强者，会强大到超乎想象，定会击败那瘟神！

元宵节是一年中第一个月圆之夜，传统习俗要舞龙灯、猜灯谜、吃元宵……这理应是家人团圆，共赏明月，同享美食的日子。苏味道在《正月十五夜》中说，"火树银花合，星桥铁锁开。暗尘随马去，明月逐人来。游伎皆秾李，行歌尽落梅。金吾不禁夜，玉漏莫相催。"但今年的元宵节不闹，却注定不凡。元宵仍有战"疫"，英雄遍布各地：一线坚守的医护人员，年逾古稀但还在战斗的院士，危难之中显身手的人民子弟兵，守土尽职的公务员，为生命争分夺秒的建筑工人……而为了避免传染，所有人在理解与焦灼中，度过了史上最宅的元宵节。

同赏一轮月，天涯共此时。这次，我们拥有别样的团圆。我们共同祈福亲人平安，春暖艳阳天；共同致敬逆行勇士，悼念逝去英雄；共同关注疫情的进展，阻击战到了最关键的时候；共同并肩作战，全力以赴，同时间赛跑，与病魔较量；共同期待战役的胜利，万众一心，战"疫"必胜……有意义的事，什么时候做都不迟。武汉战疫，一定能赢，疫消之后，再来团圆！

立春有三候，一候东风解冻，二候蛰虫始振，三候鱼陟负冰。立春之后，我们祈盼的平安，终会如期而至。有志者，事竟成。君志所向，一往无前，愈挫愈奋，再接再厉。只有坚持，才能获得最后的成功。我相信黑夜终将会过去，温暖的春天与闪耀的黎明即将到来，将我们带往风之殿堂。

亲爱的，纵然还有千言万语，我只说，致敬，保重，加油！

你的妻子

2020 年 2 月 9 日

路过

致不回家过年的孩子

亲爱的孩子：

你好，见字如面。

临近春节前夕，我向你打电话说，"孩子，你今年就地过年，不要回家了。"你不解，嘟嘟囔囔地询问原因。

为什么要就地过年？直接地讲，这是国家政策的要求。当前，境外疫情持续蔓延，我国聚集性疫情和零星散发病例不断出现。春节临近，外出、返乡人员增多，聚集性活动频繁，疫情传播风险进一步升高。全国多地提倡春节假期非必要不流动，这对于减少疫情传播风险有重要意义。国家也从生活保障、购物消费、文化娱乐、假日出行、物资运输等方面保障群众安心就地过年。鉴于此，作为党员的你要带头就地过年。

就地过年的更深层次原因，我认为是公民个人培育与践行社会主义核心价值观的需要。这是我今天想和你探讨的主题。

在祖国各地，"富强、民主、文明、和谐、自由、平等、公正、法治、爱国、敬业、诚信、友善"这24字社会主义核心价值观处处可见，以不同形式、不同规模频繁地呈现在人们的眼前。我感觉这24字是人民精神世界的"四梁八柱"，在百姓的生活中落地生根，成为人们日用而不觉的价值观。

党的十八大报告提出"三个倡导",即"倡导富强、民主、文明、和谐,倡导自由、平等、公正、法治,倡导爱国、敬业、诚信、友善"。其中,"富强、民主、文明、和谐"是国家层面的价值取向,"自由、平等、公正、法治"是社会层面的价值取向,"爱国、敬业、诚信、友善"是公民个人层面的价值取向。核心价值观是文化软实力的灵魂,关系着社会和谐稳定,关系国家长治久安。

对于普通百姓来讲,国家层面、社会层面的价值观离自身遥远,难以企及,但公民个人层面的价值取向就比较好实践落地。而且,个人层面的价值观也是国家、社会层面价值观的前提条件,践行好个人微观层面的价值观也为其他宏观建设打下了基础。

爱国是基于个人对自己祖国依赖关系的深厚感情,也是调节个人和祖国关系的行为准则。它要求人们以振兴中华为己任,促进民族团结、维护祖国统一、自觉报效祖国。核心价值观是中国人独特的精神世界,本质上就是一种德、一种精神,属于个人,也属于国家与社会。就像歌曲《我和我的祖国》中唱的那样,"我的祖国和我,像海和浪花一朵/浪是海的赤子,海是那浪的依托/每当大海在微笑,我就是笑的旋涡/我分担着海的忧愁,分享海的欢乐。"

敬业是公民职业行为准则的价值评价,要求公民忠于职守,克己奉公,服务人民,服务社会。诚信即诚实守信,是人类社会千百年传承下来的道德传统,它强调诚实劳动、信守承诺、诚恳待人。友善强调公民之间应互相尊重、互相关心、互相帮助、和睦友好。我想到了社会主义职业道德的内容,即各行各业都应当遵守的五项基本规范——爱岗敬业、诚实守信、办事公道、服务群众、奉献社会。这些其实也是社会主义核心价值观中个人层面的体现。

　　社会主义核心价值观立足博大精深的中华优秀传统文化，饱含中华传统美德，努力用中华民族创造的一切精神财富来以文化人、以文育人。按照社会主义核心价值观的基本要求，健全各行各业规章制度，完善市民公约、乡规民约等行为准则，使其成为人们日常工作生活的基本遵循。推动人们在为家庭谋幸福、为他人送温暖、为社会做贡献的过程中提高精神境界、培育文明风尚，让真、善、美的道德风尚和社会正气始终成为社会生活主流和人们心头暖流。

　　一种价值观要真正发挥作用，必须融入社会生活，让人们在实践中感知它、领悟它。只要用心，人们不难发现身边蕴藏的感人细节。在日常生活中，我能真实地触及社会主义核心价值观的魅力。比如，在我们小区中有讲文明树新风公益广告，内容是"诚实是为人之准则，信用是社会的灵魂"；又如，题为"文明城市全民共建，美好家园你我共享"的社区墙报，对社会主义荣辱观、文明市民"十个应该"内容进行了宣讲；再如，商场里悬挂的"服务规范及标准""礼貌用语准则""服务承诺"等，时刻提醒人们真诚友善。

　　习总书记强调，"用社会主义核心观灵魂聚力，更好构筑中国精神、中国价值、中国力量，为中国特色社会主义事业提供源源不断的精神动力和道德滋养。"近代以来，中国人心中一直珍藏着民族复兴的伟大梦想，并为之不懈奋斗。但是，实现中华民族伟大复兴的中国梦是一个长期的、艰苦的过程，需要坚如磐石的精神和信仰力量，这就要我们以社会主义核心价值观为主导构筑当代人共有精神家园。

　　我和你都特别喜爱"中国梦娃"系列公益广告。那个可爱的女娃娃为我们呈现出了中国伟大复兴之梦的画面。"梦娃醒，太阳笑，中国梦，多美妙。国是家，善作魂，勤为本，俭养德，诚立身，孝当先，和为贵。百年梦，时代潮，齐努力，同奔跑，共祝愿，祖国好，和美吉祥节节高。"这其中宣传了善良、勤劳、节俭、诚信、孝顺等很多中华民族的传统美德。和谐中华，雨露滋润。这是人间大美！

是的，中国梦，我的梦。国是千万家，有国才有家。道德追求贵在实践。今年，我们家就响应国家与社会的号召，用行动表达核心价值观，就地过年。

其实，就地过年也会有温度、有年味。你可以读书。在思乡的时候看看诸如《边城》之类的描写故乡的书。文学大师的文字仿佛是对老家最浓郁的记忆，会带着你领略山与带、河与脉、民间烟火……你将感受到一方水土、一方人士、一念乡情。你可以读诗。如果思绪有些纷乱，可以读读《塞下曲四首》等诗，"天涯静处无征战，兵气销为日月光"，那种豪迈的境界会让人豁然开朗。你也可以贴年画。年画是中国的一种古老的民间艺术，反映了人民朴素的风俗和信仰，给千家万户平添了许多兴旺欢乐的喜庆气氛，寄予着人们对新年和新生活的美好期盼。你还可以做做关于未来的计划，为新的一年埋下希望的种子。除夕的年夜饭、看春晚是我们家最具标志性的春节活动之一，即便在外过年，也要充满仪式感，穿上新衣、把小屋重新布置一番，做一顿年夜健康餐。当春晚零点的钟声敲响时，如果你发现自己真的想家了，就用视频和电话给我和妈妈拜年。一声爸妈，就是过年！

这个春节与往常不一样，全国超过 1 亿人就地过年，你就是这

路　过

其中的一分子。但人未归，礼已至。我和你妈妈已收到你为我们网购的新年礼物，特别喜欢。把爱送回家，惦念父母就是最好的孝心。妈妈也给你寄去了家乡菜、手缝布鞋等物品，请注意查收。瞧，距离无法阻碍亲情，快递是我们间传递思念与祝福最温暖的纽带。来自家乡的美食，最能慰藉味蕾；来自亲人的牵挂，伴随我们前行。醇厚亲情就是最烈的年味，纵然远隔千山万水，思念不会打烊，对美好生活的向往不会停歇。只要家和亲情在，即使遇到再多苦也终能翻盘。只要一家人健康平安，心在一起，在哪儿都是团圆，在哪儿都是年！

　　今日是除夕，爆竹声中一岁除。这次，你是不回家过年的孩子，也是为防疫做出贡献的孩子。你就地过年的选择与家国时代紧密地联系在一起，你我都在用小别离奏出大团圆的序章。我为你感到骄傲！

　　赵长卿在《探春令·早春》中说，"愿新春以后，吉吉利利，百事都如意。"新的一年，我希望你珍惜时光，热爱生活，坚定向前。愿山河无恙，家国皆安！

永远爱你的父亲
2021 年 2 月 11 日　除夕

过年与过关[1]

根据原有通知,春节放假期间为1月24日至1月30日。但今年注定不凡,由于新型冠状病毒肺炎疫情,假期延迟,所有人度过了史上最宅、最焦灼的春节。原定的七天放假,是在过年,也是在过关。我用点滴文字,汇成对疫情的祈福。

2020年1月24日周五　除夕　年末纳福
文天祥在《除夜》中说,"乾坤空落落,岁月去堂堂;末路惊风雨,穷边饱雪霜。命随年欲尽,身与世俱忘;无复屠苏梦,挑灯夜未央。"

家,是跋山涉水的惦念。纵然万水千山,也要回家过年。腊月三十,一家人本应围炉夜话,共同辞旧岁。但今年春节有些特别,有人不一定能团聚,也有人尽职于防控疫情最前线。但人在,家就在,幸福就在。

"寒随一夜去,春逐五更来。"唯愿来年的每个人健康安康,梦想成真,每个家人丁兴旺,圆圆满满。除夕,我们一起来分享幸运,传递祝福!

---

[1] 本文原载于2020年3月14日"金融文坛"微信公众号。

路　过

2020年1月25日　周六大年初一新年重生

今天大年初一，妈妈为我们准备了早餐：面条、年糕、鸡蛋、青菜，象征长命百岁、步步高升、团团圆圆、四季常青。王安石在《元日》中说："爆竹声中一岁除，春风送暖入屠苏。千门万户曈曈日，总把新桃换旧符。"新的一年，祈愿体健、家安、国顺。

今年注定有一个不同寻常的春节，战胜新型冠状病毒，需要我们携手共渡难关。每一个困难的出现都会给人类带来重生的契机。例如，远古时期，小行星撞击带走了恐龙，带来了新生命。新研究显示，当小行星撞击地球时，世界各地的火山正大规模喷发，且已经持续了40万年。小行星撞击地球后，火山喷发又持续了30万年。而此次撞击，将5万立方千米的物质抛向空中，导致了持续几十年的冬季和海洋酸化，从而抑制了由火山喷发带来的全球变暖。也正是因为如此，才为小行星撞击后幸存的早期哺乳动物和其他物种提供了复苏的条件。这次与新型冠状病毒的战斗也一样，我们会从中吸取经验教训，也能得到重生、取得胜利。

家，永远是我们筑梦前行的后援。人在，家在，希望在。前路浩荡，万事可期。庚子年伊始，盼风调雨顺，祈和气致祥，祝国泰民安。新年，愿人们幸福安康，心想事成，吉祥如意，人寿年丰，诸事顺遂，光华璀璨，像绽放的鲜花一般生活吧！

2020年1月26日　周日　大年初二　至味清欢

今天大年初二。葛天民在《正月二日》中说，"小巷春阴独掩扉，峭寒著尽过冬衣。老来情绪无多子，禁得梅花似雪飞。"人必须忠于自己，不能违背本性。本性包含人间滋味，例如食之味，信之味。

食物的味道。家藏有朝思暮想的馋：鸡鸭、鱼、丸子、芋头、火锅、年糕、猪蹄、冬笋……柴米油盐，至味清欢。

信念的味道。生命重于泰山。面对这场与病毒角力的斗争、与时间赛跑的硬仗，我们必须坚定信心、同舟共济。

我在自己的小家，也在中国这个大家。我们万众一心，共等烟消云散，拥抱春暖花开。

2020年1月27日周一　大年初三　持好心态

今天大年初三，释行海在《正月书怀·一年风景两逢新》中说："一年风景两逢新，老去情怀最惜春。未有鸰鹅传好语，岂无蛱蝶报芳辰。花林淑气蒸香蔼，柳岸游丝惹麹尘。今日晴明聊引兴，倚楼翻作望乡人。"

在所有困难面前，保持好的心态是第一要务，情绪稳定有利于提升战斗力。面对当前疫情，信心最珍贵，恐慌徒劳无益。专家认为，人的情绪状态与免疫力密切相关，稳定的情绪是抵抗病毒的强有力屏障。那么，如何保持情绪稳定呢？有很多途径，做做喜欢的事，选择适合自己的就行。比如，规律作息，充足睡眠；适度锻炼，减轻焦虑；唱歌听乐，轻松愉快；瑜伽冥想，放松训练；静心阅读，增加乐趣；适时写作，倾诉烦恼；关注权威，理性获取。

在这场看不见硝烟的战斗中，我们共同的敌人是新冠病毒，隔离病毒但不能隔离爱。家，拥有比烟花还炫目的暖。心里有光，世界很暖。不论道路多么险长，我们定会取得胜利。

路 过

2020年1月28日周二　大年初四　真情陪伴

今天大年初四，王冕在《甲午年正月初四日得春》中说："昨宵嫌冻雨，今日喜春风。野草浮新绿，园花结小红。渐将农事动，无奈病魔攻。向晚登高望，江山杳霭中。"家，始终有不离不弃的陪伴。在当前防控新型冠状病毒感染肺炎的严峻斗争中，对于受困人员而言，拥有众人的陪伴是信念之源。

有党员干部的陪伴。广大党员干部把初心使命融进工作中，将责任扛在肩上，在危难时刻挺身而出，英勇奋斗，扎实工作，发挥了战斗堡垒和先锋模范作用。

有医护人员的陪伴。从护理细节到医疗科技，在污染最重的"战场"，白衣天使在防疫前线与看不见的"敌人"奋战。此时此刻，战斗在一线救死扶伤、迎难而上的医护工作者就是英雄。

有建筑工人的陪伴。昼夜不停，争分夺秒，火神山医院开始浇灌首块地坪，临时房已备好。一个个朴实的劳动者心存善良与感恩，才有了超越人类极限、缔造世界奇迹的力量。

有异地友人的陪伴。春节假期，徐闻政府25日起安排酒店给湖北籍旅客免费入住，并提供一日三餐和口罩。同时，全国各地已陆续启动对目前在外湖北游客的集中接待工作。

艰难的时刻需要坚强的意志、真情的陪伴。时光清浅，岁月安然。记住，你不是一个人在战斗，大家永远是你温暖而坚定的力量。

2020年1月29日　周三　大年初五　强大内心

今天大年初五，陆游在《正月五日出郊至金石台》中说，"开岁多休暇，官身亦暂闲。楼台先昼永，花柳向春悭。啼鸟随游辔，和风悭醉颜。更怜归路好，破墨数峰山。"家，是终身的师长，每一次苦难都会让我们更加团结。

心理学研究表明，人类在遇到重大的灾害性事件时，通常会出现不安、恐惧、惊慌等负性情绪反应，产生退缩和逃避等行为，而这些变化通常是"应激"的表现。面对本次新型冠状病毒肺炎疫情压力，人们不仅仅出现了焦虑恐惧、怀疑悲伤、抑郁愤怒、愧疚崩溃等心理上的困扰，同样也产生了生理方面的不良变化，比如，出现腹痛、腹泻、疼痛、胸闷、多汗、发冷、颤抖、肌肉抽搐等身体变化。上述的改变都是人们面对压力时的"应激"表现。

但如果负面心理过度，持续时间过长，或者恐慌情绪在人群中迅速蔓延，会降低人体的免疫力，甚至可能出现非常时期的非理性行为。在这种意义上，心理疏导也是防疫。及时疏通，过滤掉焦躁，避免情绪失控，也是为防控疫情做贡献。那么，我们该如何缓解这些变化给我们带来的困扰呢？

首先，学会正视接纳。我们需要认识到，疫情中的这些情绪、生理反应都是正常的。这些反应是人类在进化过程中建立起来的生存预警和保护机制，是我们的身体在为压力做准备，能帮助我们动员全身的能量，以一个更好的姿态来面对和处理疫情带来的问题和挑战。

然后，积极自我调节。可以试着转移注意力，合理地宣泄情绪，想想自己心爱的人，做做让自己愉悦的事。如做一些室内运动、做家务、记录下自己的烦恼和焦虑、与亲朋好友电话沟通、继续完成自己的目标任务、对疑难困惑自问自答、采取腹式呼吸等放松技术。

另外，寻求专业帮助。1月27日，国家卫健委发布《新型冠状

路　过

病毒感染的肺炎疫情紧急心理危机干预指导原则》已对防疫期间可能存在的心理问题提出了干预指导原则。目前，全国多个医疗机构、心理健康相关协会都主动开设了心理热线。如果心理负担超过负荷，人们可以寻求这些专业心理服务。

人心强大起来，抗疫更有力量。患难可以试验一个人的品格，非常的境遇方可以显出非常的气节。强大内心，勇于憧憬，所有梦想都将实现。以梦为马，不负韶华。

2020年1月30日周四　大年初六　静等花开

今天大年初六，传统民俗中，家中要把节日积存的垃圾扔出去，谓之"送穷"。时至今日，年俗形式渐渐发生变化，但美好愿望没变，如送走疾病、送走焦虑、送走烦恼、送走拖延、送走贫穷、送走坏运气、送走负能量等。白居易在《闻雷》中说，"瘴地风霜早，温天气候催。穷冬不见雪，正月已闻雷。震蛰虫蛇出，惊枯草木开。空馀客方寸，依旧似寒灰。"

我们一起选择希望，但仍然不能轻敌。有疫情好消息不断出现，如中科院武汉病毒所筛出能较好抑制新型冠状病毒药物、黄冈版"小汤山医院"投入使用、有专家表示我们期盼的疫情拐点将要出现……但面对复杂严峻的防控形势，我们仍需沉着应战，疫情就是命令，现场就是战场。不到大获全胜的最后一刻，决不倦怠。

对于个体来说，利用这段时间学习不乏是一种好的生活方式。疫情的发展给我们带来一段漫长的封闭时间。亚里士多德曾把"闲暇"（shule）作为哲学的必要条件，而此刻的闲暇正是我们沉淀学养的大好时机。知识于个人、于社会都是有利的，不仅能让我们的生活变得更美好，而且在危难时刻能救人于水火。读书是一种修养，也是一种责任。知识就是力量，在这次疫情中，就出现了像钟南山等有知识的人，为我们拨开重重阴霾，带来希望与阳光。个人强，则国家强。

　　困难是礁石，海水敢于进击才激起美丽的浪花。时间就是生命，提前一分钟完工，就能提前一分钟遏制疫情蔓延。与病毒斗争，越快越主动。我们守望相助，和时间赛跑！有个人行为。如金银潭医院院长张定宇，自身已患渐冻症，仍坚守在抗疫一线，他说："如果你的生命开始倒计时，就会拼了命去争分夺秒。"有群体行为。除了在短期内建立火神山医院之外，武汉将计划在半个月内再建一所雷神山医院。有社会行为。加快隔离观察，加快联防联控，加快技术攻关，加快集中救治，加快物资保障……

　　这次，过年就是过关。但我相信，没有一个冬天不会过去，没有一个春天不会到来。让我们沉下心来历练，守住岁月，静等花开，终会遇到喜悦如诗的生命。

中篇

水中观花

路 过

好好生活[1]
——观《生活万岁》后感

  纪录片《生活万岁》描述了一群小人物的沉浮，在中国各个角落里生活的普通人的生存状态：失恋的青年、生病的医生、骑三轮车的老人、卖唱的盲人、换心脏的妇人、为孩子卖房还债的奶奶、给亡妻念情书的退伍老兵……影片中那位卖唱盲人老头生存艰辛，但对生活依旧乐观，他的一席话让我感动："人生是很高尚的，世间有很多生，有牛生，有马生……"这些事情来自真实的大千世界，没有什么剧本能超过生活。影片描述了一群小的正能量，是一部分"进窄门，走远路，见微光"的人。"谢谢你，让我看到生活中的光。"这是《生活万岁》的宣传语。当看到片中人物的难处与压力，我不由感恩自己的好运。这部纪录片向人们传达了一个简单的道理：人间万象，众生皆苦，笑比哭好。

  人人都处在自己的困境中，并在不断解决生活境遇中遇到的种种问题或麻烦。有人习惯甚至享受处理问题过程中的勇气、智慧与力量，用一股信念坚守；有人却沉沦于困难的哀嚎中无法自拔，坠落进黑暗。爱默生说，"困难，是动摇者和懦夫掉队回头的便桥，但

---

[1] 本文原载于2019年3月8日微信公众号"阅品坊"，署名：哲子。

也是勇敢者前进的脚踏石。"

　　有人把日子过成了诗。比如生活美学家蔡颖卿，从琐碎繁杂中领悟、总结，笔耕不辍。收拾、饮食、起居、旅行、读书、处事、育儿……只要与美好生活相关的事物，她都勤思勤写，修正自己，激励他人。感受生活，品尝生活，提炼生活，成为最好的自己，然后照亮别人。还有文人汪曾祺，在艰苦岁月里幽默风趣，热爱生活，写遍人间美事。从《人间草木》到《人间小暖》，从《人间有味》到《人生有趣》，他的作品散发着人们失落已久的生活趣味，给予读者温暖、快乐和不凡的认知，告诉人们"日日有小暖，至味在人间"。这样的人是生活哲学家，体贴又坚韧，爱自己，爱生活，爱世界，造福自己与家庭，造福其他有共鸣的人。

　　有人把生活摔成了泥。有位心理专家创办了"希望24热线"，主要用于自杀干预，希望热线接线员24小时守候在电话的一端。目标缺位、情绪失控、悲观痛苦、思绪紊乱、抑郁消极、绝望无助……一些人在生活谜团中走进了这样的怪圈。诚然，命运不能被选择，但态度可以。我们可以选择看到前进的光芒，而不是路途的泥潭。罗曼·罗兰说，"世界上只有一种真正的英雄主义，那就是在认识生活的真相后依然爱它。"好好生活的人就是平凡的真英雄。

　　认清逆境的人是明智的。清代金兰生在《格言联璧》中写道："经一番挫折，长一番见识；容一番横逆，增一番气度。"在金生兰的眼中，那些挫折和横逆是一种促进人成长的积极因素。从某种意义上讲，逆境让人更加丰富、更加坚韧、更加豁达，进一步认清并开发了自己。苦难是上天赐予的财富。"故天将降大任于斯人也，必先苦其心志，劳其筋骨，饿其体肤，空乏其身，行拂乱其所为，所

路　过

以动心忍性，曾益其所不能。"生于忧患，命运的苦楚定有召唤。温暖顺境里的花"苗而不秀，秀而不宝"，但经历风雨磨砺的树却挺拔坚强。正如莎士比亚所说，患难可以试验一个人的品格，非常的境遇可以显出非常的气节。挫折犹如一把利器，会深度挖掘储藏于自身体内不为人知的机能，但不是所有人都会使用这利器。

驾驭逆境的人是逍遥的。庄子说，"若夫乘天地之正，而御六气之辩，以游无穷者，彼且恶乎待哉！"但若能安然随遇于正常的气候与人生的顺境，且能驾驭失常的气象与人生的逆境，在无穷百变的境遇中，都能自在地乘御遨游，这样的人，哪还需要等待外在机缘的配合才能逍遥自得呢？强者掌控挫折，越挫越勇；弱者被逆境牵扯，不堪一击。强者懂得顺势而变，迅速修复，从艰难困苦中吸取教训，在果断取舍下适应变化，不断磨砺自我，创造更美好的生活，而不是一味怨天尤人，悲悯自怜。贝多芬说，"卓越的人一大优点是：在不利与艰难的遭遇里百折不挠。"屡仆屡起的人是光荣的，幸福的果实终属于有坚定意志的战斗者。遇难而退，兜兜转转仍见万壑千岩；迎难而上，淬炼重生方见光芒万丈。如何成为命运的强者？最基本的一点，就是好好生活。

好好生活，要有好的心境。心境是身体的主人。"春有百花秋有月，夏有凉风冬有雪；若无闲事挂心头，便是人间好时节"。荷兰阿姆斯特丹有一座15世纪的教堂遗址，里面有一句醒目的题词："事必如此，别无选择。"这在向人们提示：对于不可改变的事实，接受吧，放下吧，重新开始吧。欢愉与悲剧，往往相倚而生，有慧眼的人看到的总是藏在表象后面的奇迹。正如爱默生所说，"每一种挫折或不利的突变，是带着同样或较大的有利的种子。"看见暴风骤雨后

中篇 水中观花

倒下的老树，有人哀叹，老树的生命结束了；但也有人欣喜，老树旁边有幼芽，一切才刚开始！看见露宿在郊外的人，有人摇头，那些人生活真穷苦；也有人庆幸，他们能享受满天星星和自然音乐。有好心境的人就像《庄子》中描述的那位神人，"之人也，物莫之伤，大浸稽天而不溺，大旱金石流、土山焦而不热。"这样的人，外物伤害不了他，漫天洪水也淹不死他，即使旱灾严重到让金属、石头都熔化，焦灼了土地和丘陵，他也不觉得烦热。

好好生活，还要好好吃饭，好好作息，好好运动，好好说话，心情愉悦地和喜欢的人一起做喜欢的事。放下烦恼哀愁，善对生活，是对自己生命的珍惜，也是对家人日子的珍惜，还是对接触到的世界的珍惜。努力地过好生活是回馈所爱之人的最好方式。聪明的，先好好生活，再谈其他。查尔斯·劳斯说，"成功不在于时间、地点、环境，而在于人自己。"所以，别幻想依靠外界的帮助来过自己的人生，好好生活的落实归根到底只能靠自己，自己领悟，自己实践。想渡人者，先渡己；想天助者，先自助。

"每天早晨醒来，都会想到自己竟拥有如此珍贵活着的权利——可以呼吸、思考、享受、爱。"愿我们每天都读下玛克斯·奥勒留的这句话，感恩生命，珍惜光阴，好好生活，拥有祥和安定、幸福快乐的日子。

路 过

人生如食[1]
——观《深夜食堂》后感

在电影《深夜食堂》中，有一家在深夜营业的小餐馆，虽然在一条不起眼的小弄堂，但老板大叔会为每个到访的食客做一份只属于本人的食物。每当夜幕降临，这座繁华都市中便有各色孤单灵魂在此相遇。《深夜食堂》是一部温暖的小电影，人们在这里吃食物，讲故事，品人生。很多人在深夜食堂相遇、相知，生活着，成长着，感动着。大叔随着食堂的夜晚一起经历人来人往，满足食客们的味蕾，也见证了各式人生。我相信写剧本的人一定是位经历丰富、阅人无数的行家。食物是琳琅满目的，主要原因在于人们对美感的探索；同样，世界是丰富多彩的，主要原因在于生命对力量的追寻。

食品饱含人间滋味

在影片里的深夜食堂中，客人点的每一种食物都带有它独特的故事与味道。吃的是食物，品得是人生。从某种意义上讲，味觉就是对触觉的表达。比如，吃甜，就是用一种柔陈述另一种柔；而吃

---

[1] 本文原载于2019年11月21日微信公众号"阅品坊"，署名：哲子。

中篇　水中观花

辣，就是用一种痛掩盖另一种痛。那位脸上带着疤痕的深夜食堂的掌门人大叔，不仅仅是个能满足客人味蕾的厨神，更是个可以食愈心灵伤疤的大师。人生有百味，深夜请慢用。"蒹葭苍苍，白露为霜，所谓伊人，在水一方"。在某处，人们因食物而遇见，触心暖味，碰撞出火花，就像冷遇见暖，便有了雨。

小美的包子饱含爱恋的味道。经年难忘甘滋味。小美是一个调香师，她喜欢在食堂诉说自己的喜怒哀乐，尤其是和初恋学长的往事。初恋学长觉得小美胖乎乎的脸可爱得像小笼包，于是小美便迷上了包子这种食物。在深夜食堂，与有缘人边吃边聊。面对这段遗憾的青春，小美在食客们的劝导下也逐渐释怀。

思思的蛋饼饱含治愈的味道。香葱蛋饼，半分甘甜半分暖。唐宋是一名出租车司机，总会在凌晨带着他的青梅竹马思思来深夜食堂吃家乡的蛋饼。由于唐宋渴望安逸的生活，思思却有梦想要追寻，两人因此分道扬镳。分开两年后，经历了各自选择生活的洗礼，思思终究放不下过往，又于某日凌晨来深夜食堂点了份香葱蛋饼，用老味道治愈对往事的思念。

开源的炒蚬子饱含亲情的味道。深夜食堂的这盘蚬子盛满了莲婶和开源母子的亲情。多年前，莲婶穷途末路，正拉着开源准备去跳河时，开源大叫：妈妈，我饿了。莲婶便带着开源来到深夜食堂点了盘孩子最爱吃的炒蚬子。看着儿子吃东西时满足与开心的样子，莲婶心生柔软，决意好好生活，战胜困难将孩子抚养成人。后来，开源由于忙于工作而抽不出空来深夜食堂吃炒蚬子。为了让儿子能经常吃上最爱的食物，莲婶会每隔一段时间在深夜食堂上演一出"醉酒"戏，引儿子不得不来接她，"顺便"吃上一盘新鲜的美味

路　过

蚬子。

　　明月女儿的**糖藕**饱含记忆的味道。明月的女儿是一位失去父亲的残疾女孩儿。由于爸爸生前经常做糖藕给女儿吃，明月的女儿就经常到深夜食堂点这道菜。为了让女孩儿吃上美味的**糖藕**，大叔苦练厨艺。但最后，女孩儿的评价却是：你做的第二好吃，第一好吃的是我爸爸做的。原来，**糖藕**始终承载着女孩儿对自己爸爸的想念，挥之不去。

　　小雪的馄饨饱含温暖的味道。怀揣音乐梦的"海漂女孩儿"小雪喜欢吃深夜食堂里大叔做的馄饨。每次吃的时候，她都心生温暖，有回家的感觉，能拾得久违的安全感。而小雪的出现，也让失意落魄的音乐才子阿信终于等到了梦想路上的知己。世上无知音，子期在何方。对于他俩来说，"真正的知音，是深夜陪你一起吃上一碗馄饨的人"。

　　秋凡的龙虾面饱含解忧的味道。广告公司的加班三人组偶然登场，被美食洗去满身疲劳的同时，也邂逅了更多身怀故事的朋友。偌大一碗龙虾面，虾邂茶香静气神，两人分享更开心。生活有时就像佐料洋葱，既可以带来眼泪，也可以带来欢喜。施恩施怨，宁施人恩莫施怨。

　　一菜一饭，一来一往，故事闪耀在深夜食堂。"客人想吃什么，观察他们的状态，我便能猜出个大概。"深夜食堂的老板刀疤大叔如是说。大叔脸上的一条刀疤道尽前半生历尽的沧桑，因偶然的契机领悟生活的真谛而归于平淡。放下满身的浮躁与铅华，安静地做自己喜欢的事情。寻来新鲜的食材，用传统工艺细细打磨，用心而温情地对待每一道菜，如同温柔又平和地抚摸每一寸岁月。

中篇　水中观花

食品留下岁月痕迹

　　每个城市都有自己的深夜食堂，每个深夜食堂都有自己的故事。都市的人们很忙，忙着寻觅爱情，忙着努力追梦，但不能依赖梦想而忘记生活，人们总是要填饱肚子，在对的时间，于对的地点，与对的人。在漫漫人生路上，总会有食物替我们记得。岁月在每个人的身上都留下印记，有的留在身上，有的却刻在了心里。食品哲学，大概只有用心的人才能体会到。

　　发现特别。再普通的食物也有自己特别的味道。有些食材看似普通，但经过烹饪师一番打磨，则呈现出特别的诱人味道。在食者的品尝中，有些瞬间变成永恒。正如地球上的某些岛屿可能既偏远而又微不足道，但它们仍是一个迷你世界，是地球的一个缩影，是某些珍贵动物的家园。人也一样，如果只看到自己的普通，就会错过不一样的人生。影片中的小美，为自己胖乎乎的身材自卑，费尽苦力去锻炼减肥，殊不知，小美暗恋的学长正是欣赏她本身的真诚与可爱。

　　苦尽甘来。大叔问：这个蛋饼的味道怎么样？食者答：有点儿苦，有点儿甘。这正是深夜食堂大叔的特别点子，在蛋饼里放了些苦瓜。出来混，开头肯定是有些苦的，但只要你有信心、能坚持，苦尽一定会甘来，就像这个蛋饼一样。凡是过往，皆为序章。一棵树不会因为顶端的枝丫被截断就失去生命，同样，一个人不会因为短暂的失意就丧失他深厚的根基。生活若无波折险阻，就会过于平淡无奇。

路 过

坚持到底。有位拳击手在深夜食堂爱吃辣椒炒肉，因为这道菜充满热情。他会经常提到拳王阿里的那句名言，"无论遇到什么困难都要坚持。"是的，放弃者绝不成功，成功者决不放弃，过你想要的生活需要胆量、作为、骨气。胜利者总是做失败者不愿意做的事，抓住有效时间的每一分钟去努力，事越做越能，人越忙越有空。想要放弃时问问自己，到底是要放弃对成功的搏击，还是要放弃庸常的自己？

积极心态。在深夜食堂里，面对郁郁寡欢的失恋青年，年长者开导说，美国有软饼指数，我们也有食堂指数。你每天走过这个弄堂看到食堂里面的灯还亮着，你就可以随时进来吃点儿好的，喝两杯，那你就告诉自己说天还没有塌下来，天没有塌下来就没有什么大不了的。是啊，只要食堂里面的灯还亮着，就代表不是紧急情况，没有社会危机，我们还可以抓住身边的小温暖，享受生活，爱上自己。阴霾会过去，清晨会来到，又是阳光明媚的一天。

坚守初心。深夜食堂的大叔说，"每一种食物都有它的来源与出处。"就像光是从火开始，追寻是从爱好开始。人何尝不是一样呢？每个人在特定的人生背景与阅历中形成自己最初的梦想，这些就是个人的底色，个人的初心，更是每个人未来努力的方向。生活没有目标，犹如航海没有罗盘，如果偏离了梦想，每天的航行则毫无意义。好奇心远比雄心重要，知道自己想要什么，坚守自己的初心，学会享受努力的过程，而不是随波逐流，让时间慢慢地沉淀价值。

遵循规律。好好地吃属于大自然的健康规律。弗吉尼亚·伍尔夫说，"如果一个人没有好好地吃，他必不能周全思考、好好去爱，也不能恬然入梦。"按时定点地吃，在用餐的过程中好好体味生活，好好爱惜自己，好好理解规律的意义。园丁们都受到季节的约束，每年一度的播种、生长和收获，不断循环往复。对于某些疾病来讲，预防总比治疗有效，预防的措施当然包括遵循生活的规律，比如平和心态、按时作息等。合理的用餐以及舒服的睡眠是大自然赐予人的温柔护理。

寻觅知音。人生何处不相逢，相逢未必是知己。有时候，真正的知己就是能在深夜陪你一起吃便餐的人。偶尔相逢于命运夜晚，一起疯、一起玩、一起惆怅。现实生活中的每个人，也有自己专属的食物、味道与故事。对于我而言，麻辣烫就代表着青春。年少时，我最爱做的事，就是邀上懂我味蕾与心思的要好朋友，到熟悉的那家路边摊吃麻辣烫。加些醋，加些辣，慢慢吃，细细聊，讲讲美丽中的危险，聊聊繁华后的刀口，提提表象下的告诫。有些话，只有懂的人懂，听的人听。

食品体现生活方式

在食物上倾其所爱的人一定是热爱生活的人。他们爱自己、懂健康、会生活，探索食物与生活方式的联系，关注饮食文化，致力将健康饮食融入优质生活，做着有味、有益、有趣的事，堪称生活美学家。综观各类饮食偏好，食物的确从各方面体现了人们的生活方式与态度。

食品是生存之本。在漫长的历史中，不同的文明逐渐发展出了不同的饮食习惯与烹饪风格，如在中国上古传说中，炎帝始教人民取火和热食。如今，有人回到山川田野，"悠然见南山"，自食其力，

路　过

自给自足，在物质与精神上实现独立和自我供给，不以物喜，不以己悲，是一种很美很健康的生活方式。万一遇到野外极限生存挑战，掌握野外觅食方式是活下来的根本。过滤干净的饮用水、采集或渔猎新鲜安全的食物，是最关键的事情。

食品为养生之道。肥胖是世界卫生组织确定的十大健康疾病之一，关乎个人的健康与精神状况。而减肥的本质是建立健康的生活方式，当然包括健康饮食习惯的建立。人如其食，饮食习惯会影响生活状态，好好吃饭才会瘦。按时吃饭、营养均衡、食材安全、烹饪健康，这些细节行动需要自爱与自律。健康的身体与理想的身材都是可以通过后天塑造的。人只有一次生命，培养终身受益健康饮食习惯，通过食物养生，善待自己，善待生活。

食品是艺术之源。《人间滋味长》是汪曾祺的草木美食世界，《人生贵适意》是蔡澜旅行食记。在对四方食事的描写中，这些艺术家对世间美食情有独钟，对俗常人世贴心拥抱，在平淡生活中的寻常茶饭里寻找悦心与适意，品味世间的从容与美好，探求柴米油盐后面的人生哲理，散发出淡然灵透的生活态度和天真有趣的独特魅力，让有趣的灵魂在人间烟火中熠熠生辉。

餐桌礼仪是文化。在日常生活中，礼仪是件庄重的事情。而在汇集了人间百态的餐桌上，人们更需懂礼、讲礼。餐桌礼仪就像是一面镜子，能映照出用餐人的品行和修养。当人们开始审视自己和周边的餐桌礼仪，其实就是审视自己的生存方式和自己与世界的相处之道，反思整个生命状态并予以调整，想让自己拥有更好的人生。

食物是一种仪式。生活需要仪式感，这会让我们的生活过得更有意义、更加幸福。有些人就把与食物有关的事情变成了自己生活的仪式。比如，有位名叫河马的食器收藏者，在他的家中，藏了上千只食器，有些用来装菜，有些用来盛饭，有些要插最新鲜的玫瑰，有些要烧最好吃的米饭。每一只碗盘食器背后都有一段属于它的小时光和与之合拍的食物，带着爱与梦想，也寄托着收藏者对美感的不懈追求。再比如松浦弥太郎，将研究制作美食认为是回归生活的基本，将日常料理手记整理为《松浦弥太郎的料理笔记》一书。

食物营造好情谊。用餐的好坏直接会影响到人们的心情和效率。有时，快乐的来源很简单，一顿契合心意的用餐即可。吃什么不重要，重要的是和谁在一起吃。款待朋友的最高级别是家宴，只有最要好的朋友、最亲密的人才会被请进家中一起用餐。蔡颖卿的《回到餐桌，回到生活》传达了对生活的表达：从爱出发，用心做事。为所爱的人来一场完美的做菜秀，注意营养、味道、颜色、形状的平衡，还可自由发挥自己的创意和美感。

食育是育儿方式。有人提到了"食育"理念。饮食教育综合了健康、感官、仪态、人际与美感的经验，是所有明智的父母应该给予孩子良善引导的生活教养。所有成人都用食物把孩子养大，但因为不一样的喂养心情、方式与气氛，使得孩子有"活下来"与"长大"的不同感受，进而形成"幸福"与"不幸福"的心理区别。儿童绘本《爸爸做的饭》就讲述了爸爸与孩子之间的故事——爸爸在家用做饭来进行亲子交流和教育。当爸爸外出工作时，家里所有的锅碗瓢盆和蔬菜都追了上来，"爸爸，别走，回来用我们做饭吧！"这些奇思妙想生动地透露出了小娃娃期待爸爸回家做饭与陪伴的心思。

路　过

　　人生如食，食如人生。作家苗炜说，"我们都在残酷的世上谋一口饭。我们要把日子过得有烟火气，别总叫外卖。与其花一个小时焦虑，不如花一个小时做饭，吃饭的时候就把心思都聚拢在饭菜上，这样我们慢慢就会踏实下来。"在这个冬天，让我们一起回到炊烟时代，回到家里的餐桌，好好吃饭，用热气腾腾的家乡味儿温暖人心。会餐时的丰富菜品不仅仅是为亲友提供丰富的营养，更是在于给大家一种关于情谊、尊严、力量和优越感的印象。古人食在心，心正食自真。烹饪者站在厨房中，掂量、上锅、开火，煎炒蒸煮炖烤，每个细节都闪耀着食者的灵魂，酸甜苦辣咸的人生百味全倾注于精心烹饪的食物里，找寻时间和食物、味觉与情感之间的奇妙关联。

中篇　水中观花

爱与尊重[①]

——观电影《夺冠》后感

电影《夺冠》以中国女排传奇人物郎平为主线，真实地还原了老女排们一路走来的艰辛，也展现出了现在女排姑娘们团结一致、坚持不懈的精神。2008年8月15日，北京奥运会女排比赛，中国对美国。郎平坐在美国队教练席上，大气沉稳，目光如电；中国队教练陈忠和站在场边，全神贯注，面带笑容。陈忠和望向郎平，目光充满深意，中国女排三十余年的沉浮图景缓缓被打开了……看完电影，我重新认识了郎平。她除了拥有无可比拟的排球技术外，更是一位充满深意的教育家。

古希腊神殿前刻着一句振聋发聩的话："人啊，认识你自己！"郎平就这样不断地帮助女排姑娘们寻找自我。先认清自己，才能成为自己。一次，郎平问队员："你们爱排球吗？"当几位球员明确表示自己的梦想不是打排球后，郎平同意她们退出国家队。爱好就是天分，促使工作变成生命的全部。正如教育作家尹建莉说："可以说，一个人对某件事痴迷有多深，天分就有多高。每个人都是带着一些自然给予的特殊密码出生的，这种上天的恩赐犹如种子，能不

[①] 本文原载于2020年10月15日微信公众号"阅品坊"，署名：哲子。

路　过

能生根、发芽、开花、结果，还要看外部是否提供了适宜的条件。"在训练场上，郎平问朱婷，"你为什么打球？""为我爸妈。""那你永远也打不出来，再想！""成为你。""朱婷，你是我见过最棒的球员，包括老外。我为你骄傲，你不用成为我，你只要成为你自己。"这句话饱含了郎平教练对其队员的深爱与厚望。

　　激发好精神。老一代的女排精神很宝贵，例如团结协作、顽强拼搏、永不言弃、吃苦耐劳等。郎平希望现在的年轻女排姑娘们对其进行传承，于是把她们领到了上一代人的老训练场，让她们在其中练习、品味、领悟。在这里，陈忠和指着被砸下无数个排球印的墙面，说："那时候我们打球真的是什么都没有，但我们心里有这个。"这个是指什么？就是女排精神。老一代女排运动员喊出了为中华崛起而拼搏的时代最强音，将责任扛在肩头，把困难踩在脚下，迎难而上，全力以赴，流血不流泪，掉皮不掉队。"我要证明给别人看，中国人，行的！"是的，中国女排愿意接受任何世界强队的挑战。荣耀始于伟大的梦想。有人活在梦里，有人喜欢现实，而有人则把一种变成了另一种。鹰有时候也会掉在地上，但鸡永远飞不了鹰那么高。教育不是把桶装满，而是把火点燃。郎平就在试着点燃女排队员们心头的那把火。

　　打造好技术。单靠精神不能赢球，还必须技术过硬。老一代的女排教练说，"当你的判断成为下意识的时候，你在赛场上，才可能出现在正确的位置。"下意识怎么来？训练来的，不是一般的训练，而是千百万次、上亿次不断重复的训练。只有坚持下来的人才能走到最后。积累就是经验，经验就是应变，应变就是智慧！每一次的练习都是从量变到达质变的征途。训练是苦，可是不练，生活会更苦。年轻时的郎平就知道，从国旗最下边到地面的距离是三点三二，那是美国队主攻海曼的摸高。因此，她暗下决心：有一天要超过她。一万年太久，只争朝夕。于是，她抓紧一切时间刻苦练习，在队员离场后继续练球。在赛场上，只要有百分之一的希望，就得尽百分之百的努力。一分一分咬下来，才能杀出血路。只有拼，才会赢！

培育好品格。郎平希望女排姑娘们不只是优秀的运动员，更要成为优秀的人。因为她知道好品格本身就是竞争力。我国教育家、思想家陶行知说，"千教万教，教人求真；千学万学，学做真人。"他主张生活即教育，提倡因材施教、启发式教育。有次，郎平对正在练球的队员们说，好了，今天就练到这吧，休息，去谈恋爱吧。球可以输，但人不能输。杯子为什么能盛水？因为它是空的。我想到了朱莉，陆军第76集团军某旅排长。在陆军新训机构"四会"教育员比武场上，她一举拿下1个"第一"、3个"第二"。记者问朱莉："你觉得比武场上，比的是什么呢？"朱莉回答："与其说是体能、技能、智能的比拼，不如说是参赛队员心态和毅力的较量，看谁失误少，看谁能坚持到最后。"是的，在赛场上，有时拼的就是心理素质与底气。而每一种好品格都可以催化出其面对世界、面对困难的勇气和能力。

郎平指导中国女排的终极目的是让她们好好地享受体育本身，而不是比赛的输赢。这是智趣而自在的新独立人生态度，折射出了超然的心态，展现了自信的魅力。曾经一位外国记者问郎平："你们中国人，为什么这么看重一场排球比赛的输赢呢？"她说："因为我们的内心还不够强大，等有一天，我们的内心强大了，我们就不会把赢作为比赛的唯一价值。"80年代的中国还很落后，人们不自信，

路　过

所以特别在意一场比赛的输赢。老一代女排人就是苦过来的，做什么事情，身上都背着沉重的包袱。在2016年里约奥运会的临赛前晚，郎平对女排姑娘们说了一番感人的话："我希望你们不要像我们这一代人背上沉重的包袱，而要享受体育的快乐。其实，我就是放不下，放不下你们，放不下排球。我有责任帮助你们好好享受体育本身，让你们开心地去打球。姑娘们，明天就要比赛了，过去的包袱，由我们这代人来背，你们应该打出你们自己的排球。振作起来，放心地去打，放开了打，豁出去打，我和你们在一起。"现代中国女排展现的精神是永不放弃，在开局不利的情况下毫不气馁，顶住压力战胜卫冕冠军巴西队，此后一路过关斩将，最终获得2016年夏季奥运会女排冠军。

　　郎平在指导排球的路途中是智慧的，把爱与尊重视为教育的道。她表面上是引领球员进行自我价值的探索，实质上是对受训个体的爱与尊重。在当今教育中何尝不是如此？每个孩子都会有其独特的个性和向往自由的心。其实，成功没有定论。是考上名牌大学？是站在舞台中央受人瞩目地表演？是在政界指点江山？是成为某技术领域的杰出人才？还是在商界、文坛呼风唤雨？既然难以定义，就难以评判孩子选择的对与错。爱出者爱返。给受教育者爱和自由，他们就会自动运转。不要让孩子变成被输赢的重量压垮的人。心理学家弗洛姆说，我希望被爱的人应以自己的方式，为自己的目的成长、发展，而不是迎合我们。所以，爱是自由之子，永远不是统治的产物。

　　美国著名哲学家杜威说："一切教育的最终目的是形成人格。"在教育领域中，爱与尊重是土壤，精神、技术、品格、心态、敬业、荣耀等都是扎根在土上的花。教育者本身就要做一个充满阳光的人，把爱和温暖留给他人。有一位智者曾说，放弃对结果的执着，心像天空一样开阔，而行为却细密认真，只管低头浇灌，让成就的花朵自然开放。这就是教育的常识，润物细无声。

路 过

人生的底色[①]

——观电影《心灵奇旅》后感

《心灵奇旅》,一部入围第 73 届戛纳国际电影节的动画片。影片讲述了有趣的故事:有位中学音乐老师乔伊·高纳获得了梦寐以求的机会——在纽约最好的爵士俱乐部演奏。但一个小失误把他从纽约的街道带到了一个奇幻的地方"The Great Before"。在那里,灵魂们获得培训,在前往地球之前将塑造他们的独特个性特点和兴趣。决心要回到地球生活的乔伊认识了一个特别的灵魂"二十二"。随着乔伊不断试图向二十二展示生命的精彩之处,他也将领悟一些人生终极问题的答案。乔伊·高纳变身乌龙导师,遇上棘手灵魂仔,一起来回灵魂世界又折返人间,追寻人生火花。整部电影在探求:究竟是什么塑造了真正的你?我的答案是自己的人生底色塑造了自我。

乔伊·高纳是热烈坚定的。他的人生目标非常明确——爵士乐。"我满脑子想的都是音乐,从清晨起床到夜晚入睡。我生来就要演奏。这是我活着的意义。"人生匆匆,想要实现"天生我材必有用"吗?那就不要在日常琐事上浪费时间,把宝贵的时间用来展现真正的自我,那个才华绝伦、充满热情的自我,随时准备好为世界作出

[①] 本文原载于 2021 年 1 月 20 日微信公众号"阅品坊",署名:哲子。

中篇　水中观花

有意义的贡献。而"二十二"一直在跋涉彷徨。虽然历经"一切"世界，她仍一直找不到自己对于人类生活的兴趣。偶然，在人间的她用手接过从树上飘落下来的一片叶子，怦然心动。这就是生活中的小乐趣，属于她的人生即将启程。平凡又如何？每一次平凡的努力都是未来创造奇迹的根基。终于，"二十二"触摸到自己的底色与燃点，那就是决意生活的性情。"火花不是人生目标，当你想要生活的那一刻，火花就已经被点燃。"就像有条小鱼对妈妈说，"妈妈，我想去大海里游泳。"妈妈回答："孩子，你一直在海里。"

乔伊·高纳和"二十二"是两类不同的风景：前者似高峰，峭壁峥嵘，远山跌宕朝着天空伸展；后者如盘路，蜿蜒迂回，弯拐曲折向着前方爬升。所幸，他俩最终都找到了自己人生的底色。人间种种，皆是生活，来到世上一定是有原因的。"高以下为基，贵以贱为本，有以无为用"。每一种生活都拥有精彩，每一个梦想都值得期待。无法评判哪种人生更好，正如《月亮与六便士》的那段灵魂拷问："做自己最想做的事，生活在自己喜爱的环境里，淡泊宁静、与世无争，这难道是糟蹋自己吗？与此相反，做一个著名的外科医生，年薪一万镑，娶一位美丽的妻子，就是成功吗？这一切都取决于一个人如何看待生活的意义，取决于他认为对社会应尽什么义务，对自己有什么要求。"

我感觉在"二十二"身上看见了自己的影子。我们都花费了太漫长的旅程去找寻自己的火花，迂迂回回、磕磕碰碰地试探。我们经过山重水复，也经过柳暗花明；有迷途知返，也有绝处逢生。"二十二"穷尽千年未找到自己的兴趣，在人间走一天后意外得到地球通行证，却被告知那不是她的真正爱好。于是，"二十二"变成了迷

路　过

失的灵魂，极度困惑、愤怒，不知所向。现实何尝不是如此？在那条有所期待的路上，我一试再试，历经磨难，却仍然两手空空。"无上甚深微妙法，百千万劫难遭遇，我今见闻得受持，愿解如来真实义"。时间是把双刃剑，在脸上雕刻皱纹的同时，也在心里沉淀下了真理。生活很难，有时需要激流勇进，有时则要见好就收。拿得起是能力，放得下是智慧。最后，当那片落叶被放在掌心时，"二十二"释然了，平和喜乐地飞向了未来。而在黑暗中穿行而过的人，也终有所得。

有趣的灵魂万里挑一，例如《月亮与六便士》中描述的主人公——一位已逾中年的股票经纪人。他突然之间离开家庭，也离开安稳的生活，在所有人的质疑中，毅然决然地去追寻成为画家的梦想，用自己喜欢的方式过完余生。这个故事如平凡尘世中的一枚炸弹，让平庸的日常生活彻底瓦解。"追逐梦想就是追逐自己的厄运，在满地都是六便士的街上，他抬起头看到了月光。"尝尽百味，仍觉人间值得！书本《月亮与六便士》和电影《心灵奇旅》的意义殊途同归，都在提示人们用自己喜欢的方式度过短暂的一生。如果困难重重，记住飞机是逆风而不是顺风飞行的。

是谁在唱颂那首《This Is Me》？

"I am not a stranger to the dark 对于黑暗我早已不再陌生

I know that there's a place for us 我相信总有一个地方为我们存在

For we are glorious 只因我们是如此耀眼

When the sharpest words wanna cut me down 当人们尖酸刻薄

的言语想将我击倒

I'm gonna send a flood gonna drown them out 我会用湍急的洪流将他们淹没

I am brave I am bruised 我很勇敢，也受过伤

And I'm marching on to the beat I drum 伴随着鼓声，我浩荡前行

I'm not scared to be seen 毫不畏惧展示自己

I make no apologies 勇往直前，至死不屈

this is me 这就是我

We are bursting through the barricades 我们穿过重重障碍

And reaching for the sun 终将拨云见月

Won't let them break me down to dust 我不许任何人把我贬为尘土

I am who I'm meant to be 我注定与众不同

this is me 这就是我

And I know that I deserve your love 汝之所向，吾之所往

There's nothing I'm not worthy of 光芒万丈，无人能挡"

现实中，很多人调制好自己的人生底色，活出了精彩。有人的人生底色是单一的，精益求精，一生只做一件事。例如，以陶艺为生活底色的 Lucie Rie。她是当代重要的女性陶艺家，自二十岁在维也纳工艺学校学习陶艺起，终生从事陶艺创作，直到八十八岁第一次中风才不得不停止。她用一生的时间，只做好一件事——陶艺。有些人的人生底色是多彩的，选择多管齐下，且都很出彩。例如身

路 过

兼学者、文学创作者、译者三种身份的林文月，著有《交谈》《作品》《人物速写》等书，跨越半生洗练文字，世事沧桑巨变，只有文字历久弥坚。还有人将自己的事业与育儿完美融合，形成了独具一格又极具温度的底色。例如，将哲学思想贯穿育儿过程的周国平，他写一个父亲的札记《妞妞》，记录着女儿妞妞的种种，直击人生之终极命题，跨越文学和哲学的巅峰。又如美食家焦桐将烹饪手艺调制进女儿的生活，给女儿写饮食情书，花费30余年，用138道菜书写女儿的成长点滴，汇集成《只想遇见你的人生》，被称为"饮食文学教父"。所以，趁着心思还没有年老，无法对被注定的未来欣然接受，我们得选定好自己人生的底色，奋力一搏，无所畏惧。

到了一定的阶段，人生所有的疑惑几乎可以全部浓缩成一个问题：应该如何生活？人生漫长却又转瞬即逝，或见尘埃，或见星辰，恰似一本内容复杂、分量沉重的书，值得翻到个人所能翻到的最后一页。马克·吐温说，"你人生中最重要的两天是你出生的那一天和你明白自己为何出生的那天。"只要找到了方向，有山就有路，有河就能渡。余生，但愿我认清并坚守自己人生的底色，在热爱的世界里奋勇前行，把每一个日子都过得滚烫。

度 人[①]

——观电影《赤狐书生》后感

清贫书生王子进进京赶考,被来到人界取单的狐妖白十三盯上。为了骗取书生信任,狐妖联合各路妖鬼,设下重重陷阱。书生王子进非常单纯、善良。在这场奇幻旅程中,他用自己简单的真心收获了诚挚的爱情、友情。人的一生是万里山河,来往无数客。在汹涌的长河前,人们总期望遇见某位度者,坐上他的船,演绎彼此的故事,到达自己想去的地方。我看见,影片中的王子进就是那度人的人。度人者善良、孤独、豁达,独具魅力。

度者是善良的。善行有善果。因为王子进的善良,莲花精甘愿为其魂飞魄散,狐妖白十三也用数百年修行挽回他的生命。纵然鬼怪乱力,亦有奇情七巧。在所有价值观中人们最珍视友善。伦敦大学心理学家、研究价值系统的阿纳特·巴尔迪发现,当心理学家将各种价值观归并到10个范畴中,并询问人们哪种价值观比较重要时,爱心或友善位列第一。它打败了享乐主义、拥有令人兴奋的生活、创造力、上进心、传统、安全、服从、寻求社会正义和寻求权力。正如伦敦政治经济学院劳动经济学家、研究幸福问题的理查

[①] 本文原载于2020年12月12日微信公众号"阅品坊",署名:哲子。

路　过

德·莱亚德所说:"做善事会让你快乐,而快乐会让你产生善举。"

度者是孤独的。王子进独自在学海中苦练本领,有时竟在睡梦中惊坐背诗。这种独立与勤苦为他以后考中进士埋下伏笔。在孤独中沉淀是度者的姿态。叔本华说,"一个人只有独处时才能成为自己。因为一个人只有在独处时才是真正自由的。"对度人者来说,空山即为修炼处。王士祯《题秋江独钓图》描述的情境为他们的生活常态。"一蓑一笠一扁舟,一丈丝纶一寸钩。一曲高歌一樽酒,一人独钓一江秋。"承受孤独是必修课,独自磨砺,从艰苦中体会真谛,用孤独成就生命圆满,达到幸福与安宁。正如康德所说,"我是孤独的,我是自由的,我就是自己的帝王。"先孤独地历练吧,莫愁前路无知己,天下谁人不识君?

度者是豁达的。王子进对莲花精英莲的一番话让我动容:"功名,无非是让子进更有能力去保护别人;性命,不就应该浪费在心爱的人身上吗?性命,若是能让至亲至爱如愿,那也不算失去。"对待生命的态度,王子进是豁达的。为知己,又何憾?曲直都是经历,好坏都是风景,蓝天下便是阳光,艰苦后便是甘甜。人生就是学校,幸与不幸都是老师。圣人皆有过往,罪人亦有未来。不为昨天烦恼,不为明天迷惘,只为今天更好。今天比昨天更智慧、更慈悲,也算一种成功。不管你从何而来,要去往何方,总在努力追求成为一个更具有精神和灵气的自己。对于度者来说,处处皆为安宁地。"天涯静处无征战,兵气销为日月光"。

度人者蓄积着能量,保持着善良,终究成为自己与他人的太阳。《马太福音》有记,耶稣说:"你们这小信的人哪,为什么胆怯呢?"于是起来,斥责风和海,风和海就大大地平静了。众人稀奇,说:

中篇　水中观花

"这是怎样的人？连风和海也听从他了！"此时此地，耶稣即为众生的普度者。我惊叹于他的豪情，震撼于他的魄力，这要多深的积累、多强的艰苦、多大的勇气才能喷发出这般非比寻常的光芒？其实，他是受苦之王，"我要使他与位大的同份，与强盛的均分掳物。因为他将命倾倒，以至于死；他也被列在罪犯之中。他却担当多人的罪，又为罪犯代求。"影片中，王子进身体内的白丹助白十三成为狐妖中的极品，令其能量与修行到达狐界的顶峰。可这又怎样？白十三在冥冥中感受到王子进的召唤：做个好狐仙，而不是暴戾的恶魔。赤子之心，回归初心。白十三终究放下所有荣耀，拿毕生修炼换取知己的生命。前路浩浩荡荡，万物皆可期待。

　　度人即渡己，自助者天助。《彼得后书》上说，"主所应许的尚未成就，有人以为他是耽延，其实不是耽延，乃是宽容你们，不愿有一人沉沦，乃愿人人都悔改。"我们当深深考察自己的行为，再思量其他。凡是过往，皆为序章。曾几何时，我发现自己从被度者变成了度人者，不免心生欢喜。

路 过

使命必达[1]

——观电影《1917》后感

《1917》是一部战争题材的影片。1917年，第一次世界大战进入最激烈之际，两个年仅16岁的英国士兵史考菲和布雷克接到了命令，需立即赶往死亡前线，向那里的将军传达一个"立刻停止进攻"讯息。时间只有八小时，武器弹药有限，无人知晓前方敌况：死亡寂静之地、布满尸体的铁丝网、突如其来的敌军、随时毙命的危险境况……中途，布雷克不幸去世，少年史考菲只身前行，为救1600个人的性命，不完成，毋宁死！

史考菲对自己的使命非常清楚，他一路上碎碎念："我有紧迫的消息要交给德文郡第二营，命令停止明早进攻，他们正步入敌军的陷阱。"因此，他没有在战友突然离世的悲痛中消沉，不惧潜伏的敌人和湍急的河流，无视纷飞的炸弹和遍地的尸首，也没有沉湎于温暖的短暂邂逅，在废墟与战乱中一路狂奔，孤注一掷。史考菲用所有的思念守护所爱的人，战胜恐惧，穿越生死。他的心里、眼里只有目标，前进是为了止戈，无论发生什么，得继续向前！

一次，精疲力竭的史考菲靠在树旁，突然看到一群士兵围坐在

---

[1] 本文原载于2020年8月13日微信公众号"阅品坊"，署名：哲子。

中篇　水中观花

树林之中。这群士兵即将踏上战场,正倾听他们的战友动情地吟唱《I am a poor wayfaring stranger》。每一个人都静静地坐在那里,听着歌,想着人,念着事,做着上战场前最宁静、最沉重的安魂。人生如逆旅,我亦是行人。

"I am a poor wayfaring stranger
我是一个可怜的流浪异乡人
I'm travelling through this world of woe
穿行于这个充满伤悲的世界
Yet there's no sickness, toil, nor danger
但有个地方没有疾病、艰辛和危险
In that bright land to which I go
在我即将前往的那片光明土地
I'm going there to see my Father
我要去那里见我的天父
I'm going there, no more to roam
我要去那里 不再游荡他乡
I'm only going over Jordan
我只想要越过约旦河
I'm only going over home
我只想要回到家乡

I know dark clouds will gather 'round me
我知道乌云会笼罩着我

路　过

　　I know my way is rough and steep

　　我知道我的路崎岖险峻

　　But golden fields lie just before me

　　但金色的原野就在我的前方

　　Where God's redeemed shall ever sleep

　　被上帝救赎之人将长眠于此

　　I'm going home to see my mother

　　我要去那里见我的母亲

　　And all my loved ones who've gone on

　　以及我所有已前往的亲人

　　I'm only going over Jordan

　　我只想要越过约旦河

　　I'm only going over home

　　我只想要回到家乡……"

　　这歌声是那么宁静安详，宛如战争中难得的一片净土。士兵渴望的不是战争，而是完成使命后回家。这是临近胜利前的洗礼，给史考菲重新注入了完成任务的力量。为拯救 1600 条生命，没有退路，只能向前！

　　少年史考菲给我好好上了一课。与那场战乱相比，我们现在所处的和平年代堪称天堂。在现在的生活中，人们面临各种任务和挑战。可有人将自己遇到的困难无限放大，无时无刻为失败找借口，实际上暴露了自己的懦弱。遇到坎坷时，我们应想办法解决问题，而不是找理由去逃避或放弃。比如，想参加一场考试，就得全力以赴去争取胜利，找到自己的内驱力、决断力与行动力，而不能以年龄大了、事情多了、孩子吵了等作为失败的托词。其实，我们碰到的阻力与少年史考菲的遭遇相比，根本不值一提。除了生死，其他皆为小事。人短暂的一生有千万种可能。与其苟延残喘，不如纵情燃烧。一直向前，不经历奋斗与磨难，怎能体会到生命的辽阔？

"不要温顺地走入那良夜/日暮之时/年老之人应燃烧/呐喊/怒斥/怒斥那光的消逝"。没有热忱，世间便无进步。只要下定了决心，从什么时候开始都不晚。从现在开始，为梦想矢志不渝，让期待成为可能。如果你的眼里只有目标，全世界都会为你开路。慎终如始，则无败事，使命必达。

路 过

专情于此船[1]

——观电影《海上钢琴师》后感

电影《海上钢琴师》讲述了一位钢琴天才传奇的一生。1900年，Virginian号豪华邮轮中，一个孤儿被遗弃在头等舱的钢琴上，由船上的水手抚养长大，被取名为1900。1900慢慢显示出了无师自通的非凡钢琴天赋，在船上的乐队中表演钢琴。每个听过他演奏的人，都被深深打动。可惜，这一切都发生在海上，1900从未踏上陆地，只在Virginian号邮轮上谱写自己非凡的人生。有人认为这部电影是一部迷人、惊奇又美丽的海上史诗，一首浪漫主义的动态诗歌。而我从中看到了一位超凡脱俗的智者对自己信仰的专情，在有限的琴键上逐渐完成了自我人生剖析与对世界的追问。1900就是这位值得深度品味的智者。

简单的纯净是生命的底色。1900出生在Virginian号邮轮上，世界从身边掠过，每次约有两千人与他并肩。当他在船上弹钢琴的时候，把自己的所见所闻、所思所想，乃至整个生命体验都融入他的乐章里。1900拥有神奇的感官，能够发现摆在大家眼前却不被众人所察觉的景象。看到滑稽的事，他的琴声也随之滑稽；遇到感动的

---

[1] 本文原载于2019年12月4日微信公众号"阅品坊"，署名：哲子。

中篇　水中观花

人，他的伴奏也变得感动；触到热烈的景，他的音乐也热烈劲快。经历岁月的铅华，1900明白了，陆地不适合他。陆地上的人往往因为纠结疑惑而浪费了太多光阴。冬天来了，却迫不及待地想要入夏，夏天到了，却害怕冬天的降临。所以他们永远不厌倦旅行，总是追寻遥不可及、永远是夏天的地方。对1900来说，陆地是一艘太大的船，太美的女人，太长的航程，太浓烈的香水，是他不会演奏的音乐。而Virginian号邮轮上的那架钢琴，才是1900简单、纯真的快乐来源，是他能安放生命能量的地方。

　　方向必须有限，但潜能无限。先找到适合自己的有限方向，再借此平台演绎出无限可能。这艘Virginian号邮轮每次容纳2000人，范围离不开船头和船尾之间。钢琴的琴键也有始有终，一共88个键，错不了。但陆地上的城市不断蔓延，连绵不绝的城市什么都有，就是没有尽头。1900怎么也看不透，到底哪里是陆地上一切的尽头，世界的尽头。找不到人生坐标的生命毫无意义，甚至有一种无法呼吸的恐惧。琴键有限，但人生无限。在船上有限的88个琴键上，1900所创作出的音乐与幸福无穷无尽。对于1900而言，这艘船是属于他的平台，凭借钢琴上的有限琴键演奏出无限的可能。

　　1900不在乎比拼。爵士乐鼻祖杰尼听说了1900的高超技艺，专门上船与之"斗琴"，趾高气扬，野心勃勃地想取得胜利，想向世界证明杰尼才是钢琴界的第一。但1900一点儿也不在意输赢，最后不自觉地将壮烈的情感、强大的力量和震撼的视听融入音符，翻腾不息的琴弦炙热到点燃了一支香烟。1900本人也面目泛红，满头大汗。这哪是弹钢琴？分明是一场对勇气、力量、灵魂的拷问。听众被这骤然狂风暴雨般的音乐气场震撼到呆若木鸡，全场鸦雀无声。杰尼

路　过

自叹弗如，黯然离去。

　　1900也不落入俗套。朋友迈可斯多次谈到对1900的期待：拥有金钱、名望、妻儿，但1900从不为之所动。迈可斯和1900就像世界里的两个侧影，一个在现实里为生计奔波，沦为平庸，染上一身烟火气，最后不得已卖掉陪伴自己繁华与落寂的小号；另一个始终在Virginian号邮轮上，从未踏上陆地，成为神话里的天才钢琴师，只活在一些人的故事里，独特到充满了浪漫色彩。尘世中的人们有多少把自己活成了"1900"，而不是"迈可斯"？

　　1900不懈于世俗，孤独且高贵，显得虚无又不真实。但如果没有这种难得的孤独感，做不到特立独行，艺术、科学不过是附庸风雅而已。风起云涌又如何？对1900而言，世上只有他和在他船上的钢琴。这让我想到了西方哲学史上昔尼克派的主要代表人物第欧根尼，出身于贵族，却公开倡导弃绝一切财富、荣誉、婚姻和家庭，主张背离文明而回归自然。据说亚历山大大帝曾经慕名拜访他，询问他有什么要求，第欧根尼回答道："只要你别挡住我的太阳光！"1900生活里的太阳光就是享受弹钢琴的时光。

　　有一次，1900差点儿下了船，因为对一个女孩儿的动情。那天，他的眼睛紧紧地盯着甲板上的那位女孩儿，情愫在琴键上流淌，情不自禁地创作了一支动人的钢琴曲。有位音乐制作人想花高价买下这首惊艳的钢琴曲的版权，在大陆发行，但被1900果断拒绝。在他心里，这首钢琴曲只属于他爱慕的女孩儿。为了找寻他的爱情，1900整理好行囊，准备踏上陆地开始新的生活。当1900走到舷梯中间时，看到成千上万的街道，无休无止的烟火……他不知道如何选出一条路、一个女人、一栋房子、一片风景、一块属于自己的土地、一种离开的方式。整个世界压垮了他的心灵和自由，没有尽头，不能呼吸，那里不是他愿意涉足的地方。最后，1900终究没有下船。

生命诚可贵，信仰价更高。曾经，欢快的乐队演奏，旋转的舞池和裙摆，都出现在那艘繁华的Virginian号豪华邮轮上，无数人的美国梦也在海上孕生。许多年过去，世事变迁，战火纷飞，乐队解散，豪华不再，游客都离开了，破败的游轮废弃在港口，将要被炸毁。可1900仍然没有下船，一个人固执地守着锈迹斑斑的游轮。迈可斯找到1900，劝他下船，毕竟生命是第一位的。但迈可斯到底不了解1900的内心。1900对迈可斯说的那番话，是他对自己人生的全部解读。陆地是属于上帝的琴，而不是他的。对于1900来说，这条船和这船上的钢琴就是他生活价值的全部，一旦踏上陆地，整个世界的重量会压在他身上，而他根本不知道出路在哪里。为此，1900宁可放弃生命，就像自己从没存在过。

终于，那艘废弃船上升起了巨大的蘑菇云，1900的肉体与Virginian号邮轮一并毁灭。"原谅我吧，朋友，我不下船了。"1900向迈可斯陈述，也向世界道别。1900活得无怨无悔，即使从头来过也不改初衷。在临终前，哲人看到的不是消灭，而是生命的延续和灵魂的重生。苏格拉底在行刑前曾表述过自己对死亡的态度："哲学家的事业完全就在于使灵魂从身体中解脱和分离出来。一个真正把一生贡献给哲学的人在临死前感到欢乐是很自然的，他会充满自信地认为当今生结束以后，自己在另一个世界能发现最伟大的幸福。"这是否也是1900想对他的钢琴艺术说的话？万象更新，周而复始，人不过是尘世中的匆匆过客，肉体的存在是短暂的，然而精神能留存下来，可以历久弥新。

路　过

如果人站到足够高，其见闻与思想注定非比寻常。当太空旅行者成功地拍到了地球在浩瀚宇宙中的那个小点时，卡尔·萨根说道："我们成功地拍摄了这张照片，当你看它，会看到一个小点。那就是这里，那就是家园，那就是我们。你所爱的每个人，认识的每个人，听说过的每个人，历史上的每个人，都在它上面活过了一生。我们物种历史上的所有欢乐和痛苦，千万种言之凿凿的宗教、意识形态和经济思想，所有狩猎者和采集者，所有英雄和懦夫，所有文明的创造者和毁灭者，所有皇帝和农夫，所有热恋中的年轻人，所有的父母、满怀希望的孩子、发明者和探索者，所有道德导师，所有腐败的政客，所有'超级明星'，所有'最高领袖'，所有圣徒和罪人——都发生在这颗悬浮在太阳光中的尘埃上。"而1900是在精神上站得足够高远的人，认为思想才是肉体中的精髓，无常中的永恒。

一部电影看尽一生。小时候的1900，凭着直觉被Virginian号豪华邮轮上的钢琴吸引，趴在玻璃后看热闹的人群和中间安放的那架钢琴。长大后，他终于读懂了自己。他的人生就属于这船上有限的琴键和无限的乐章，而不是绚烂耀眼却没有尽头的陆地。我借此看到了自己的人生。闭上眼睛，我的心灵浮现出一艘属于自己的船，那样妙不可言，那样深深地吸引我，却遥不可及。而我，能否做到像1900那样对自己的船无限专情与忠贞？问题是晦涩的，人生是短促的。

不要相信别人贴的"标签"[①]

——观《哪吒之魔童降世》后感

在电影《哪吒之魔童降世》中,太乙受命将灵珠托生于陈塘关李靖的儿子哪吒身上。然而阴差阳错,灵珠和魔丸竟然被调包。由此,本应成为灵珠英雄的哪吒被贴上"魔王"的标签,被陈塘关的百姓排斥、误解、痛恨。然而,在父母对哪吒的爱与教导下,聪明、调皮、超能的哪吒保持一颗正直的心,最后真的成为拯救整个陈塘关的大英雄,在百姓面临灭顶之灾时奋起相救。

我佩服一直教导孩子坚守自我的李靖父母,也佩服那个不认命、不服输的哪吒。虽然从出生时就带着宿命诅咒,但是哪吒却不信邪,在父母的悉心呵护下倔强自我成长,用行动揭穿了自己身上"妖怪"标签的谎言,向世界喊道:我命由我不由天!

负面"标签"是最大的谎言

孩子在成长路上难免会遇到各种负面标签:有的是恶意歪曲的,比如,你是怪物、笨蛋;有的是不当失实的,比如,你不行、你做

[①] 本文原载于 2019 年 8 月 22 日微信公众号"阅品坊",署名:哲子。

路　过

不到；还有的是臆想杜撰的，比如某些诬赖或陷害。这些不良标签会对孩子产生消极的心理暗示，让不谙世事的孩子不自觉地朝着标签的方向发展。影片中，陈塘关的百姓总是喊哪吒"妖怪"，并以此排斥、欺负他，哪吒在隐忍与愤怒中也曾自暴自弃：他们把我当妖怪，我就当妖怪给他们瞧瞧。

人心中的成见犹如一座大山。美国心理学家贝科尔曾说："人们一旦被贴上某种标签，就会成为标签所标定的人。"有些父母已经认识到"标签"的不良影响，向别人呼吁不要对自己的孩子乱贴"标签"。但是，世界太大，父母不可能无时无刻跟随孩子、保护孩子。因此，与其向有限的他人劝诫不要给孩子乱贴标签，不如教导孩子强大到成为世界的主宰，不被负面"标签"所干扰。我们控制不了天气，但可以控制自己的心情。

只要坚守本真，不懈努力，每个人终会成为自己的英雄。现实生活中有很多人用自己的实际行动戳穿了负面"标签"这个最大的谎言。对于那些"你不行"等嘲讽，他们从没听信过，秉怀初心坚持下去，终有成就。比如李安曾赋闲在家，带孩子买菜，洗手作羹汤。六年里不知道听了多少句"你不行"，但他初心不改，坚持剧本创作，奥斯卡小金人现在已在他家里放了三座。又如马云高考落榜，不顾家人反对，奔向谁都不看好的电子商务。当时批评如潮，人们坐等笑话。如今成为电商巨头的他已经去做让更多人看不懂的事。再如乔布斯背弃养子的身份，中途辍学身无分文，虽备受讥讽，但他凭借着改变世界的信念，把一个旧车库当作起点。后来，他以一人之力推动世界前进数年。

父母是推翻"标签"的主心骨

哪吒从一个注定要被毁灭的"混世魔丸",蜕变为逆天改命、拯救苍生的"小英雄",这离不开哪吒父母的精心呵护与教育。李靖夫妇对哪吒不离不弃,一直支持他、信任他,坚定地做孩子的防火墙,严厉拒绝不良标签对孩子的危害,从细节中发现孩子的长处。帮助孩子认识自己、肯定自己、战胜自己,是头脑明智的父母应当实施的行为。

用信守护。李靖夫妇始终站在哪吒身后,给予哪吒无条件的爱与信任。在哪吒刚出生时,太乙真人要杀他,李夫人舍身求道:别伤害我的孩子;百姓要除掉他,李靖豁出脸面:他是无辜的,也是受害者,我会把他关在家里,如果他做了伤害他人的事,我李某人就是豁出性命也会还大家公道;为了让百姓知道水怪事件的真相,李靖挨家挨户求他们参加孩子的生日宴。

用行引领。好的教育不是强行灌输,而是言传身教。你想孩子成为什么样的人,你首先得是什么样的人。李靖是陈塘关的总兵,权倾一方。李靖夫妇正直、善良、豁达、无私,以斩妖除魔、造福百姓为己任,但从未因此居功自傲。他们是百姓的救世英雄,受人尊敬。夫妇两人身体力行,用自己的行动在哪吒心中播下善的种子,对孩子的健康成长起着潜移默化的作用。相反,敖丙的父亲龙王一心复仇,希望他成功获取"救世主"的光环,带领整个龙族脱离牢笼。龙王有太多的杂欲,基于对权力的渴望而不择手段。虽然得到灵珠和龙族最坚硬的鳞片,但敖丙依旧心魔难解,良善被泯,险些

路　过

把整个陈塘关活埋。

　　用心发现。心理咨询师武志红说，生命的根本需求是渴望被看见。哪吒从水妖手上救下一个小女孩儿，却遭到女孩儿的父母和村民们的误解与谩骂。哪吒心中的委屈与愤懑可想而知。只有李靖细心地发现哪吒手上有水妖夜叉的黏液，看到了真相。父亲对哪吒说："我知道你手上的伤是水怪夜叉所致，真实的情况是你从怪物手中救了小女孩儿。"当哪吒听到了父亲的话时，眼睛亮晶晶的，格外地开怀。被看见的孩子，活出了真的自己。

　　用智浇灌。有智慧的父母，不会只想着去处理孩子的问题，而是先去处理孩子的感受。李靖夫妇引导哪吒在山河社稷图中修炼，用善意的谎言鼓励他："你是灵珠转世，天生神力，所以大家误解你，但只要你好好修炼，造福苍生，就会得到世人爱戴。"面对众人的误解诽谤，父亲告诉他，"不要在意别人的看法。你是谁，只有你自己说了算。"在父母的用心照耀下，哪吒开始接纳自己，善念慢慢开窍，逐渐走上正道。

　　用爱感召。爱能创造奇迹，能唤醒孩子的认知与行动。母亲殷夫人想带吒儿看尽世间繁华，虽忙于斩妖，也尽力陪伴哪吒。母亲陪哪吒一起踢毽子，虽然一次次被他的神力伤到，但还是像没事人一样继续站起来玩耍。而不善言辞的李靖，更是不惜以命换命。为了解开哪吒身上的天劫咒，李靖去天庭跪求换命符，"我已决定用我一命换哪吒一命，天劫时我与哪吒同生死，共进退"，只因"他是我儿"。看到这里，我已泪目。这世上除了至亲至爱，谁会用生命去爱？父母的爱唤醒了孩子的本心，让哪吒心向阳光。

自己是摧毁"标签"的终结者

外因是事物变化的条件,内因才是变化的根本。只有自己最终决定自己是强大到成为世界的主宰,还是沦落为各色"标签"的随从。作家林清玄曾说:"好孩子是已唤醒内心种子的孩子,他们认识到了自我;坏孩子还没有唤醒种子,没认识到自我,还浑浑噩噩地活着。"种子能否被唤醒,根本上取决于种子自己。当敖丙对自己出生于妖族的事实放不下时,哪吒向敖丙吼道,"别人的看法都是狗屁,你是谁只有你自己说了才算,这是爹教我的道理。""若命运不公,就和它斗到底!"

保持自我心底的善良。爱默生说,拥有善良品性的人一定是一个明白事理的人,一定是一个信守承诺的人,也一定是一个眼光长远的人。那些无视真理、信口开河的人无疑是在自杀,即便是对健康的社会来说,也是一种谋杀行为。诚然,德不配位,必有殃灾。难能可贵的是,虽然被贴上魔丸标签,哪吒却保有心底的善良。在追逐被海夜叉掳走的小妹时,哪吒原本想要用火攻击,但在看到小妹的一瞬间就放弃了,他已学会了保护他人。

建立自己强大的动能。对于成大事者来说,这世上没有魔法,有的只是锲而不舍的行动。爱默生说,一个拥有崇高品格的人和他的工作是非常和谐的,他可以成为自己生活环境的中心。在日常生活中,我们可以看到,一个个性鲜明、才华横溢的人可以轻松支配环境,而周围的人、时间、自然物都像是他的随从。就像拿破仑,每天和铜、铁、木、土、道路、建筑、金钱以及军队打交道,他从

路　过

不软弱，反对感情用事，更多的是脚踏实地、一丝不苟的行动。

哪吒谨记父亲教诲，最后终于撕掉周围人给他贴上的"妖怪"标签，喊道："我命由我不由天！是魔是仙，我自己说了才算！"是非黑白不需要别人讲，他已燃烧所有生命赐予的能量，斩妖除魔救苍生。哪吒不信所谓命中注定，打破成见扭转命运。

爱默生说，走自己的路吧，认真而真诚地做每一件事，这样事实将会主动站出来为你辩护。就像影片中的哪吒，生而为魔，那又如何？哪吒用自己的力量打破别人的成见，粉碎一切是非定义，生而孤独不认命，逆天而行斗到底，也通过他的心路历程激励着每一个人。是的，忠于初心，忠于自己，用心而又诚实地做事，雄辩的事实终会证明一切。

正义不闭眼[①]

——观《反贪风暴》后感

《反贪风暴》系列电影持续更新，不断给人惊喜。正如雪莱所说，"一个人和一个时代凭借特定的关系穷尽了神圣的甘泉，但是，另一个人和另一个时代会接踵而来，新的关系会重新培养出来，仍然会流溢出看不见、想不到的喜悦。"

电影《反贪风暴4》中，正在坐牢的富二代曹元元涉嫌行贿监狱里的监督和惩教员，廉政公署首席调查主任陆志廉深入虎穴，卧底狱中。在恶行风云密布的监狱里，陆志廉艰难地收集到了罪犯行贿受贿的关键证据，为成功破获贪腐行贿大案发挥了重要作用。

我想到了西拉木伦河。西拉木伦河流经内蒙古高原东南部，在众山的夹持之中一路流淌，所经之处，地势起伏，林草交错，但这样的环境却成就了古人类栖息的理想地点。影片中以陆志廉为代表的廉政人就像这西拉木伦河，在各种恶势力夹缝中一路前行，不畏艰难险阻，最终成就了正义之美。

经济犯罪的根源是利益。有句刑法格言是"有利益的地方就有犯人"。罪犯是为了取得利益而犯罪，同时，犯罪行为侵犯了他人的

---

① 本文原载于2019年4月13日微信公众号"阅品坊"，署名：哲子。

路　过

利益。不法利益是诱因：曹元元为了提前出狱而行贿，监狱里的监督因贪图财物而受贿。这样的行为对社会的其他人是不公正的。壁力千仞，无欲则刚。陆志廉在与友人的交谈中说，我们廉政公署办案，不是为了钱。那是为了什么？我想应该是为了宽容、正义与和平。

德国法学家耶利内克提出法是"伦理的最低限度"。社会伦理规范的内容相当广泛，其中有一些规范对维持社会安定必不可少，有必要纳入法律的范围内予以强制推行。法律不理会琐细之事，只是规定和处理较为重大的事项。因此，守法是公民的底线义务。影片中嚣张的富二代曹元元、滥用职权的监督和惩教员明目张胆挑衅法律的权威，最终受到了刑法制裁。

法律不死亡，正义不闭眼。为了自身的安宁和社会的和平，请对法律心存敬畏。

挚 友[1]

——观电影《绿皮书》后感

电影《绿皮书》讲述了一个真实故事：一位名叫唐·雪利的黑人钢琴家找了位白人司机托尼·利普，前往种族歧视严重的地区巡演。两人一路争吵、制造笑料，但又在彼此最需要的时候共渡难关。行程结束，两位不同背景的人在经历世事风霜后放下偏见，已然成为挚友。在这部影片中，我看不到任何的表演痕迹，而是看到了生动的波澜生活，灵动、诙谐、残酷而又不失美感。更重要的是，这部影片让我想致敬你我的挚友。

挚友是悠长岁月下酿制的陈酒，是漫长黑夜中不灭的明灯，是栉风沐雨后永恒的坚守，饱经风云变幻依旧心灵相通。这一辈子遇见的人千千万万，能结识的人数以百计，密切交往的人好几十人，但最后成为挚友、知己的人屈指可数。平时，和挚友相处的时候并不长，但每每出现几个关键节点，你定会想到并找到自己的挚友，而对方也会欣然赴约。

当孤独的灯点亮，约出挚友一起喝下凛冽的酒，各自上头。人生成败事、忧喜事、繁华背后的刀口，只想说给他听。有些内心的

---

[1] 本文原载于 2019 年 3 月 25 日微信公众号"阅品坊"，署名：哲子。

路 过

柔软，挚友也会娓娓道来。在影片中，唐·雪利站在枫叶中教托尼·利普写家书的场景真美，就像是炎炎夏日中的一杯清甜柠檬茶。托尼·利普也劝导唐·雪利："世界上那么多孤独的人，因为他们都没有勇气迈出第一步。"

　　患难之友是真正的朋友。当危难来临，挚友会义无反顾地维护你，两肋插刀，无所畏惧。他们在彼此守候中相互拯救，一起等待阳光穿透阴霾。在受伤时，还好有人陪伴左右，轻声的一句鼓励都会让内心感动并充满力量。在经历一次次暴力后，唐·雪利对托尼·利普说："暴力永远不会取胜，保持尊严才会取得真正的胜利。"

　　旅行是在阅览天地，解放身心。旅途中最好的陪伴选择便是自己的挚友，同经历，共分享，品人生，在恣情畅游之间迷雾都会散透。在行走的途中，司机托尼·利普畅快地对唐·雪利解释自己自由洒脱的个性，"我父亲曾经说过，无论做什么都要百分百地做。工作就工作，笑就笑。吃饭的时候就像最后一顿。"言毕，两人开怀大笑。

　　挚友对你的了解非比寻常，言谈中总会透露你行动的根源。比如，在一场音乐演奏会的间隙，托尼·利普一字一顿地告诉唐·雪利："人人都可模仿贝多芬和肖邦，但你的音乐，你演奏的，只有你做得到。"有时候，彼此甚至都不用开口，就是静静地坐在那里，都能感受到踏实的默契。只要和挚友在一起，世间万物皆美且好，仿佛处处"果珍李柰，菜重芥姜，海咸河淡，鳞潜羽翔"。

　　人间美事其实不多，阳光数米，茗茶几杯，挚友一二。

　　如果你有挚友，请好好感受，珍惜这无边的幸运。

活出真我[①]

——观《波西米亚狂想曲》后感

传奇 Queen 乐队以包容而又多变的音乐风格拿遍欧美音乐大奖，甚至创下了"在英国唱片销量排行榜上停留时间最长的艺人"的吉尼斯世界纪录。我喜欢这个乐队的很多歌，比如《We will rock you》《We are the champions》等。电影《波西米亚狂想曲》就是描写 Queen 乐队的音乐传记片，展现了主唱弗雷迪·莫库里及其 Queen 乐队的奋斗、辉煌、困境、巅峰等过程。

弗雷迪不喜欢父亲中规中矩的生活，决定做自己。他带领 Queen 乐队几近疯狂地在音乐路上走着，无所畏惧。他命中注定要成为自己。弗雷迪不愿被限定，同样，他的音乐也无法被定义。弗雷迪及 Queen 乐队创作的音乐具有独特的风格和魅力，带给观众天堂级的感动。尤其是那首《Bohemian Rhapsody》（《波西米亚狂想曲》）更是突破常规，集大成，糅合歌剧、摇滚等多种元素，被吉尼斯认证为"英国有史以来最伟大的歌曲"。

对于弗雷迪来说，记录就是用来被打破的。在那场足以纳入摇滚音乐史册的"LIVE AID"经典演唱会上，弗雷迪的歌喉冲破体育

[①] 本文原载于 2019 年 3 月 23 日微信公众号"阅品坊"，署名：哲子。

路　过

场穹顶，堪称传奇。人们热泪盈眶，全场沸腾。命运眷顾勇者。当弗雷迪在"LIVE AID"演唱会上声情并茂地演唱《We are the Champions》这首歌时，我仿佛看到他在铿锵有力地向世界诉说自己："我已付出了代价，一次又一次。我没有犯罪，却已经认罪服刑。我也犯过一些严重的错误，我自作自受，但是我坚持一路走了过来。我已经谢幕，帷幕将要落下。你们为我带来名誉和财富，以及一切随之而来的东西。我感谢你们。但是这里并不是天堂，也并不是一次愉快的旅程。我把这当作是一个挑战，而我绝不会失败，百战百胜。我们是斗士，我的朋友。我们要战斗到底。这世界不属于失败者，因为我们是世界之王。"

　　弗雷迪也努力对自我探寻。他经历无数彷徨迷惘，最后选择直面真实的自我。不念过往，只看未来。尽管一路风尘泥泞，他最终还是回归并践行了父亲的告诫——"存善念，说善言，行善事。"

　　《千字文》说，"金生丽水，玉出昆冈。剑号巨阙，珠称夜光。"弗雷迪就是黄金、美玉、宝剑、宝珠，在人生和梦想的道路上痛快驰骋，活出真我，光芒万丈。

不要放弃那条稀疏小路[1]

——观电影《起跑线》后感

最近看了一部名叫《起跑线》的电影。剧情较简单：一对年轻的夫妇为了让女儿上最好的幼儿园，获得更高的社会地位，经历一番费尽心思的折腾后，终于如愿以偿——女儿被那所最好的学校录取了。但后来，他们发现普通学校能让女儿收获友谊、爱心、快乐和独特的知识，更加适合自己的孩子，因此战胜了虚荣心，勇敢而又坚决地将宝贝女儿从最好的学校转到了普通学校。

这对夫妻在历经沉浮后最终选择了一条合适的小道，值得庆幸。这世上有一些光芒四射的大路，很诱人，但也很拥挤。有人带着笑容、顶着光环走在那些大路上，似乎很轻松，似乎很高兴，似乎站到了某个制高点。另外一些人也试图迈入，但亦步亦趋，负重累累，心力交瘁。后来，终有人释怀：放下吧，那些终究不属于我，我有属于自己的小道，不要放弃！

博恩·崔西在《时间力》一书中阐述，心理学家在所谓的"心理控制源"领域进行了广泛的研究，发现主宰生活的意识程度影响着人的生活以及人对生活的积极态度。具有"内部"控制源的人认

---

[1] 本文原载于 2018 年 4 月 18 日微信公众号"阅品坊"，署名：哲子。

路　过

为人生在自己的掌握之中，他们自己作决定，并对自己的行为和后果负责，是自己人生的主创力量。而具有"外部"控制源的人认为自己被外部的人或环境，例如老板、账单、家庭、健康或其他因素所控制，他们悲观、易怒，时常感到压抑，他们灰心沮丧，无力改变现状，这将导致所谓的"习惯性失助"。《起跑线》中的那对夫妻开始被世俗之见主宰，焦虑狂躁地费尽周折，想送女儿上名校，是具有"外部"控制源的人，但最后终于遵循自己内心的价值行事，成为"内部"控制源的人，轻松舒服地生活着。

　　幸福的判断标准是什么？外界的评价标准有很多，诸如金钱、权力、名望、利益、华丽……而总有一些人试图找到自己内心的评判尺度。苏格拉底有句名言"认识你自己"。回到家里，卸下面妆，洗掉尘埃，终究要与自己的真实面对。除去空洞洞的外壳，仿佛还要有些什么——爱与被爱的心、智慧的大脑、充盈的精神、内心的平和与宁静，抑或一场有趣的对话。

　　诗人罗伯特·弗罗斯特在《未选择的路》中说，"一片树林里分出两条路——而我选择了人迹更少的一条，从此决定了我一生的道路。"如果人迹少的小路适合自己，何尝不是明智之选？在人生旅途上，是随大流还是坚持内心的信仰，一切得依靠自己的抉择。鞋子美不美观，别人知道；合不合脚，只有自己知道。有时候，征服自己的不是远处的大山，而是脚底的一粒沙子。

　　读了那么一点儿书，是否知道要走向哪里？赫尔曼·黑塞回答，"这世界上的任何书籍都不能带给你好运，但是它们能让你悄悄成为你自己。""悄悄成为你自己"是一个多么简单美好而有意义的愿望。只要热爱，只要忠诚，路是否冷僻幽静在所不问。《圣经·马太福音》七章中说,"你们要进窄门。引到永生,那门是窄的,路是小的,找着的人也少。"我愿意,像电影《起跑线》中的主角一样,选择行走在自己心所向往的那条稀疏小路上,慢慢地、悄悄地成为我自己,清新,自然,愉悦。

路 过

唤醒内心的春天

——观电影《超能查派》后感

　　电影《超能查派》描述了一位名叫"查派"的自我觉醒机器人，在被创造、被教育、被欺骗后，潜能得到超乎寻常的开发，影片中出现的"不要被生活所奴役""别让别人夺走你的潜力"等台词折射了导演对自我突破的渴望。与之相反，王朔小说《橡皮人》则描述了一群自我迷失的"橡皮人"，他们"形尸走肉、寡廉鲜耻、没有血肉、没有情感、丧失了精神生活"，"被高高在上的观赏者轮流捏拿玩弄，被生活的泥匠用压力捏成各种形态"。在年轮流转中，我停下来与自己对话，问问自己是甘于沦为无所适从的橡皮人，还是愿意成为勇敢开拓的超能查派。不是向外盲目跟随，而是向内找到答案，探寻着，叩问着，直至唤醒内心的春天。

　　现实中，有人将自己视为"环境的创造者"，有人则将自己视为"环境的产物"，不同的观念引导了不同的人生。博恩·崔西在《时间力》一书中阐述，心理学家在所谓的"心理控制源"领域进行了广泛的研究，发现主宰生活的意识程度影响着人的生活以及人对生活的积极态度。具有"内部"控制源的人认为人生在自己的掌握之中，他们自己作决定，并对自己的行为和后果负责，他们是自己人生的主创力量。而具有"外部"控制源的人认为自己被外部的人或环境,例如老板、账单、家庭、健康或其他因素所控制,他们悲观、易怒,时常感到压抑,他们灰心沮丧,无力改变现状,这将导致所谓的"习惯性失助"。博恩·崔西的这番言论是人类心理研究的精华之一,让我受益匪浅。我希望自己成为具有"内部"控制源的那类人,积极地发挥主观能动性,发现并欣赏自己的独特性,不安于现状,不随波逐流,通过自己的思考与努力掌控人生。

理想与行动恰似鸟之双翼,两者共同作用,才能真正到达想要去的地方。记住苏格拉底的那句"认识你自己",寻找内心的信仰、理想,明白自己想成为什么样的人。幸福快乐的首要之点,就在于一个人愿意成为他自己。然后,不忘初心,立刻行动。白岩松将"与其抱怨,不如改变。要想改变,必须行动"作为东西联大的校训,希望培养一批对社会有所贡献的行动派。是的,唯有行动才能带来改变,否则,一切的理想就会沦为幻想。遵循内心的信仰,做自己喜欢的事情,为社会贡献自己的爱与责任,人生便热情、充盈起来。

很庆幸,在千头万绪的嘈杂中,我能腾出一些时空与自己相遇,找寻内在的力量,远离如冬天般的荒芜,唤醒内心的春天。

路　过

逆境中的宝藏[①]

——读《活出生命的意义》后感

亚里士多德说，幸福是把灵魂安放在最适当的位置。人生最终的价值在于觉醒和思考的能力，而不只在于生存。在疫情期间读书，我首选维克多·弗兰克尔著作的《活出生命的意义》。它体现了人世间困境中最大的勇敢与智慧，展示了艰难人世间的生存意义，帮助人们在磨难中倔强成长，向阳而生。这本书的存在本身就堪称奇迹。其作者是犹太人，一位著名的心理学家。在"二战"初期，他被纳粹关进了死亡集中营，在那里经历了常人无法想象的苦难，如同炼狱。最终，他活了下来，并写作了这本书，向世人呈现他发现的精髓——"意义疗法"。由于弗兰克尔是一名心理学家，所以他在集中营的时候，观察问题的角度与其他人是不一样的。他的智慧不是关于死的默念，而是对于生的沉思，用心理学的角度分析，是什么力量支撑着他们活着。这些经历促使弗兰克尔不断思考，也强化了他的核心理念："人们活着是为了寻找生命的意义。"在他看来，是意义的力量，让幸存者活到最后。对于一些被生活困住的人，这本书有神奇的治愈效果，帮助人们在逆境中找寻宝藏。

[①] 本文原载于 2020 年 5 月 24 日"金融文坛"微信公众号。

保持积极的心态。在集中营，每个人的生死权利已经完全由不得自己做主了。那些人陷入巨大困境，仿佛毫无出路。对他们来讲，死很容易，艰难地活下去才是考验。可他们并不会一味地痛苦抱怨，进而只剩下麻木。弗兰克尔在书中写道，大多数人居然升起了两种感觉：一种是幽默感，例如，大家洗澡时开始互相开玩笑，也开始自嘲，剃了头都不认识自己了。还有一种是好奇心，比如，他们好奇如果人洗完澡，赤身裸体就被推到寒风中会怎么样呢？结果发现他们都没感冒。人们在遇到这种糟糕的情况时，往往会出现一种"暂缓性迷惑"的心理状态，会让人们在面对苦难时变得不理智。但随着幻想的破灭，最后会变得绝望。所以当我们遇到苦难时，理智地接受，做好两手准备，尽最大的努力，做最坏的打算。不自欺，不恐惧，不慌张，放松下来，勇敢直面困境，从而升起幽默感和好奇心。这种心理状态才能让我们真正开始应对自己的困境，从而积极找到应对的办法。

秉持内心的信念。哲学家尼采说，"一个人知道自己为什么而活，就可以忍受任何一种生活。"在集中营，有人开始和困境相处，想活下来。弗兰克尔有一天到营地干活儿，寒风刺骨，感觉痛苦不堪。突然，他看见自己站在明亮的讲台上，面前坐着专注的听众，自己在给他们讲授集中营心理学，把这些痛苦变成了他的资源，在未来，痛苦的经历变成了有意义、有价值的东西。那一刻，正是这些对未来的憧憬，带着他超脱出当时的苦难。反之，有些人因为丧失未来的信念而死去。一个人知道自己为什么而活，就可以忍受任何一种生活。正如斯宾诺莎在《伦理学》中谈道，作为痛苦的激情，一旦我们对痛苦有了清晰而明确的认识，就不再感到痛苦了。想恢

路　过

复一个人的力量，必须让他保持内心的信念和希望，看到未来的某个目标。在电影《荒野猎人》中，主角皮草猎人休·格拉斯秉持为儿子报仇这个强大的信念，以坚强的毅力在极端困境里活了下来。在现实生活中，我们也要找到自己生活的方向与希望，这样才能打败无常，战胜困境，取得胜利。

体验快乐的能力。即便是在集中营这样的恶劣环境下，大家还是能够找到快乐，体验到幸福，对特别微小的事情都会感恩：干活儿的时候，被分到一个能避风挡雨的房间工作，就很幸福；被看守打的时候，突然空袭警报响了，大家都跑起来，躲过一劫，也很幸福；吃饭的时候，大厨盛汤能多两个豌豆，也很幸福。爱是力量的源泉。在逆境中，每当弗兰克尔想起妻子，心里都充满了幸福。他是这样写的："我望向天空，星星慢慢消失，清晨的霞光在一片黑云后散开，我的思想停留在妻子的身影上，思绪万千，我听见她回应我的话，看见她向我微笑和她坦诚鼓励的表情，无论真实与否，我都坚信她的外貌比冉冉升起的太阳还要明亮。"弗兰克尔在书中通过回忆爱人的形象领悟幸福的真谛。爱是人类终生追求的最高目标，具有深厚的涵义。而在日常生活中，我们常常会忽略爱，总想让外界改变到更好。其实，幸福是相对的，其多少来自你体验快乐与爱的能力。

拥有内在的自由。任何地方都有高尚的人和龌龊的人。即使是囚徒，也存在高尚品格，也能选择活出尊严。集中营里，让人印象最深刻的是这样一类人：他会走过一间间屋子安慰别人，甚至把自己的最后一块面包送给别人。虽然这类人很少，但是足以证明一点，有一样东西是不能被夺走的，那就是"自由"，即人们选择自己的态

中篇　水中观花

度和行为方式的自由。有些人忘记尊严，选择成为一个禽兽，帮助党卫军杀害别人，也有些人会选择成为一个勇敢的、有自尊且无私的人。弗兰克尔也在选择自己成为什么样的人。他决定在工作队治疗病人或帮助自己的狱友，而不是修铁路消耗自己的生命，他认为因前者死去更有意义。其实，集中营就是生活的一个缩影，集中营比生活中更清楚地撕开了人性的深处，那里善恶交织，所有人的心里都有一道划分善恶的分水岭。在平时，无论外界环境如何，我们都有选择的权利。内在的自由，让我们在任何时候都可以选择成为什么样的人。

享受命运的无常。一次，红十字组织说，我们都跟德国签好协议了，他们要带你们走，去交换战俘，你们上车就自由了。结果出了点儿意外，上车点名的人漏掉了弗兰克尔。弗兰克尔没上车，很生气，只能留下。结果，这辆车根本没去交换战俘，直接去焚烧炉烧掉了，弗兰克尔就是这么幸运地活下来的。对于回家的犯人而言，集中营带给他们的最重要的体验，就是经历很多的苦难之后，除了上帝，他们不再畏惧任何东西，那是一种非常美妙的感觉。书中的这些经历很像生活的缩影，我们经常特别焦虑，想做一个更好的抉择，但其实却带来了苦难，被无常打败。艾青说："蚕在吐丝的时候，没想到会吐出一条丝绸之路。"世界上的确有很多想不到的事。例如，齐白石曾刻一印："一切画会无缘加入。"孰料，后来他当选为中国美术家协会主席。他对人说，这是他没想到的。

珍惜眼前的问题。维克多·弗兰克尔强调，"我们不应该追问生命的意义是什么，而必须承认，是生命向自己提出了问题。"作者想强调的是，如果人们脱离了眼前的问题，去追求人生意义，那就像

155

路　过

象棋大师脱离了棋局，一定找不到最佳招数。所以，恰恰是手头面临的一些具体问题，就是意义本身。人生的意义就是要用自己的方法克服那些问题。经历磨难的时候，你的内在体验没有人能替你感受，也没有人能替你消除。但与此同时，你拥有了独特的经历和应对痛苦的方式，而恰恰是这种孤独成就了你自己。要揭示终端意义，就得尽其所能地对待生活赐予的每一个困难，把经历的每一项磨难作为我们独特的任务。整个人生的意义要到终点才看得到，就像一场电影，结局要到最后一个镜头才会明白。面对每一个困难，需告诉自己，这是我的人生向我提出的问题，我要负起责任，用自己认为最好的方式解决它。比如，工作的挑战实际上锻炼了自身能力，孩子的哭闹引发了父母对宝贝更多的爱与关注，夫妻间的挑剔让彼此得以优化与进步。

"杀不死我的，让我更强大。"生命在任何条件下都有意义，即便在最为恶劣的情形下。用俄国作家陀思妥耶夫斯基的一句话表达，就是"我只害怕一件事情，那就是配不上我所受的痛苦"。当痛苦来临时，我们应该意识到其中藏着成功的机会，我们经历痛苦的方式，可以将自己的精神升华，让生活变得更有目的和意义。愿我们善待每一项生活中的难题，尽其所能，逐渐历练成为更好的自己。

中篇　水中观花

从曾国藩家书中看修身[①]

——读《唐浩明评点曾国藩家书》后感

在中国几千年的传统中,"修身、齐家、治国、平天下"是有志之士的理想。曾国藩的成功,关键在于他独特而刻苦的修身方式。修身,是曾国藩辉煌人生的起点和基础,而如何修身,集中体现在《曾国藩家书》中。按照历史小说家唐浩明的说法,《曾国藩家书》是一个思想者对世道人心的观察体验,是一个学者对读书治学的经验之谈,是一个成功者对事业的奋斗经历,更是一个胸中有着万千沟壑的大人物心灵世界的袒露。而《唐浩明评点曾国藩家书》则对更好地理解这部家书有重要的作用。在唐浩明的引导下,我在曾国藩家书中看到了关于修身的深沉积淀。

——关于读书

曾国藩强调了读书的重要性,认为读书可以改变气质。他在家书中说,"人之气质,由于天生,本难改变,惟读书则可变化气质。"通过阅读书籍,人的性格气质在不自觉中发生了变化。

曾国藩归纳总结了读书之法和为学四字,读书之法是"看、读、

[①] 本文原载于 2018 年 4 月 6 日微信公众号"阅品坊",署名:哲子。

路　过

写、作"，为学四字是"速、熟、恒、思"。曾国藩认为读书之要在格物致知，还将朱熹的"切己体察""虚心涵泳"等读书方法转授给儿子，唐浩明认为这是曾氏希望儿子在读书时以轻松愉悦的享受心态去接受圣贤之教，而不要把读书视为苦事难事，从而产生厌烦或抵触的情绪。

——关于心态

平和的心态。曾国藩提倡以平和养德保身，认为"最是'静'字功夫要紧"。他自制的《五箴》里便有一首《主静箴》，其中有一句是"后有毒蛇，前有猛虎。神定不慑，谁敢余侮？"心静则神定，神定则虎蛇不惧。

豁达的心态。曾国藩认为，"惟胸次浩大是真正受用"，在家书中写到，"自古圣贤豪杰、文人才士，其志事不同，而其豁达光明之胸大略相同"，也就是说，历史上凡是成大事者，尽管从事的职业不同，但都有豁达光明的胸襟。曾国藩还交代，"生死之际，坦然怡然"，就连生死关头都临危不乱，这是怎样的一种豁达！

求阙的心态。曾国藩在家书中写道，"平日最好昔人'花未全开月未圆'七字，以为惜福之道、保泰之法莫精于此"，这便是"求阙"的心态。天地万物没有纯粹的完美，有心"存阙"，尽最大的努力，做最坏的打算，求缺而不求全，则心境较易满足。

——关于品格

曾国藩家书中传导了很多优秀品格，我比较受启发的主要有以下一些：一是清廉。曾国藩认为，家中不可过于宽裕、不妄取丝毫

中篇　水中观花

公款、子侄辈不能坐四抬轿、富贵气不可太重等，谆谆告诫后辈勿忘先世之艰难，减少贪念会让自己头脑清醒。二是低调。曾国藩认为，鼎盛之际宜收敛。注意收敛，不可过于张扬，这是曾氏一贯的思想。三是真诚。曾国藩认为，不宜过于玲珑剔透。在待人处事的各方面做到真诚二字，努力断恶修善。四是自省。曾国藩强调"悔过自新"，提倡慎独、主敬、求仁、习劳四课。五是孝顺。百善孝为先，曾国藩认为孝道平衡了"三从四德"。六是正直。曾国藩的理念有"愿子孙做君子不做大官""不存做官发财之念""不望富贵愿代代有秀才"。七是笃实。曾国藩要求子孙去机巧、求笃实、脚踏实地克勤小物。八是善良。曾国藩认为祸福由天，善恶由人，并提到了善事的三种做法。九是勤奋。曾国藩认为，庸人以惰致败，勤奋努力是成功的唯一路径。十是有恒。曾国藩在《致诸弟》家书中着重讲了两个字——"有恒"，有恒心、有毅力才能取得最后的胜利。

——关于气节

笔者认为，曾国藩的气节主要体现为坚毅、刚强，"好汉打脱牙和血吞"是其精髓。曾国藩认为，男儿自立须有倔强之气，存倔强以励志，艰苦则强娇养则弱，但是，求强也得讲究方法，这个方法便是"求强在自修处不在胜人处"。面对挫折苦难需要忍耐，"逆来顺受面对百端拂逆"；面对失败不要气馁，"咬牙励志勿因失败而自馁"；面对大事需要担当，"担当大事全在明强二字"。

——关于处世

居安思危。曾国藩告诫，"虽处鼎盛不可忘寒士家风味"，富时

路 过

常忆贫，顺时常忆逆，贵时常忆贱，这样才能让人保持清醒。

举止厚重。在对人的要求上，曾氏讲究"厚""重"两字，告诫子孙"戒轻易"，稳重行事，才能让人信任。

不卑不亢。曾国藩认为，与人相处疏疏落落。疏疏落落，即不很亲近，亦不很疏远。我的理解是，对待权势达人不用屈颜卑膝，对待落魄之人不要趾高气扬，不卑不亢便好。

谨静专一。"持以谨静专一之气应付危局"是曾国藩的理念，凡临大事有静气是成大事者必备素质。

"一花一世界，一叶一菩提"，曾国藩家书便是在浩瀚书海中的精灵之花，给人无限的启迪。掩卷而思，我想到了一番话：做人必须有四样东西，一是扬在脸上的自信，二是长在心底的善良，三是融进血里的骨气，四是刻进生命里的坚强。读了《唐浩明评点曾国藩家书》，深刻理解了曾国藩家书内容及其精髓，从而收获了自信、善良、骨气与坚强。

春天的一场整理[1]

——读《整理家，整理亲密关系》后感

春天，花草容妍，日子珍贵。人们做着自己最沁人心脾的事，或是奔赴一个约会，或是踏上一次远行，或是撰写一首小诗，而我最愿意进行一场整理——整理我的家。在生活方式研究者殷智贤的著作《整理家，整理亲密关系》中，把整理家的意义提升到整理亲密关系，是触动我心灵的一种表达。一年之计在于春，最适合整理的季节便是春天。

——春天的整理饱含智慧。

佛说，"无一众生而不具有如来智慧，但以妄想颠倒执着而不证得。"沐浴着春风整理，心之明镜仿佛被拨开了。

整理家是认识自己的方式。家是自己对世界的一种表达，正如殷智贤说，"家是人的外壳，它虽然不能表达一个人全部的内在，但它仍然作为一个世界映照出人内心的某道光芒。你借此得以看见自己，别人也有机会辨识你的某种情怀。"每个家的样子都折射出主人的生活情怀与治理能力，整理家就是在整理自己的人生。

通过整理家可梳理与家人之间的关系。物的问题本质上与人有

---

[1] 本文原载于 2018 年 4 月 4 日微信公众号"阅品坊"，署名：哲子。

关。殷智贤说，"收纳要解决的不仅是物品的整理和归位，还有人的身体规训、家庭关系的处理、家庭成员需求的排序等一系列相关问题。"整理家实质上在营造一个呵护人心的空间，家人的兴趣秉性各不相同，通过物品陈列尊重各自的喜好，为彼此安置恰当的情感空间。

家是社会的一个小单位，守护好家，也是守护好了一寸净土。我同意殷智贤的说法，"家对中国人的意义，则尤为实在：这是乡土中国人赖以生存的基本社会单位，没有家，连生存下去都艰难，遑论生活品质。"先齐家，后治国，能够恰当地管理好家，才能自如地承担得起社会责任。

——春天的整理播种下爱。

春天的阳光暖洋洋，让人萌生爱意。家是爱的港湾，不需要征服、控制；家是自己的心灵栖息地，不需要表演、作秀。所以，要用爱去经营一个留住人心的家。

把家收拾地干净有序，让人觉得舒服、自在、愉悦，从而有被理解、被爱护的感觉，自然会对家有归属感。殷智贤提到"母性的力量"——"一种不出于功利计较，不在乎成败得失，而知道如何有智慧地关怀他人的力量"。家庭需要这种力量。母爱无与伦比，在家庭中发挥着不可替代的作用。家有贤妻、贤夫、贤德聪慧之子，无疑是巨额财富。爱可以通过很多方式表达出来，持家有方便是其中重要的一种。

爱自己，所以用心管理自己的东西。自己是一切的本源，要时刻检查进入自己精神、生活的事物，通过收拾自己的物件可以梳理自己的兴趣喜好、价值取向，进而调整生活方式。

爱伴侣，所以用心管理伴侣的东西。唐朝诗人李冶有首诗："至近至远东西，至深至浅清溪。至高至明日月，至亲至疏夫妻。"伴侣是生命中的灵魂人物，朝夕相处，相濡以沫，对待伴侣的物理空间透露了整理者的心情与态度。

爱孩子，所以用心管理孩子的东西。家庭是孩子成长的第一世界，孩子的物品状况影响着孩子的身心健康、性格发展。言传不如身教，好好呵护孩子的家居环境，帮助其形成勤劳、自爱的品格。

——春天的整理蕴含能量。

春天的新生催人奋进，似乎激励人们：这世界上不仅要有爱，也要有爱的能力。持家有方可以成就高品质的生活方式，这一切取决于主人的能力。正如殷智贤说所，"一个人操持家的水平和操持自己人生的水平是一致的，差别只在道场或曰舞台空间不同。"

殷智贤认为，用好东西的人"总体来讲更懂得自爱，一个人自爱，就有底线。若一个人的日常生活中充斥的都是粗制滥造的低劣产品，他潜意识里的自尊感和价值感也会较低"。是的，家不必奢侈浪费，但要整洁、有品质。为了打造一个心目中美好的家，就要通过自己的勤劳努力，提升自己的能力与价值，这样才能为家庭贡献更好的资源，为幸福生活打下基础。

整理也需要行动力。纵然有千万个理由拖延，但是真正下定决心开始着手整理并不难，可以从一个区域、一个房间，甚至从一个水杯开始。只要开始，就会有收获。营养学中有个理念"人如其食"——你的情绪、健康、体形甚至性格，都和你吃什么有关。发散开来，整理的理念便是"家如其理"——一个家的层次状态都和你整理的行动有关。

路 过

殷智贤说,"能做到干净有序地生活是一种修行,那其中包括了自爱和爱他的信念和行动力!"坐在家里,环顾四周,所有物件仿佛都在与我对话。春日的阳光正好,时不我待,何不抓紧时机来一场整理?整理家,整理亲密关系,整理属于自己的幸福。

未来由自己创造

——读《30年后，你拿什么养活自己》后感

在我眼里，《30年后，你拿什么养活自己》不仅仅是一本理财书。作者在书中谈及不少理论，如怎样理财、如何投资、树立什么样的金钱观等，但给我印象最深的还是主人翁钱小俊跨越时空看到了70岁自己的那场故事。该故事为人们展示了人生的前进方向，让年轻人更好地看清自己的未来。我不禁想，30年后，我是在温暖中细数往日情怀，还是在落魄中悔恨过去时光？这一切皆取决于现在的决定。此时此刻，很多有意义的事情在等着我们去做。

1. 学会控制，理性管理财富。教读者理财是本书的主线。理财就是理人生，而预算、储蓄、投资则是理财"三部曲"。首先要合理预算，为目标资金、晚年备用金、应急资金等项目做出预算，将自己的支出控制在预算范围内，这样才更容易达成人生目标；其次要提前储蓄，养老储蓄最重要的原则是"越早越好"，必须相信时间的力量，因为拖得越久，负担越大。作者提示，从20多岁开始规划退休生活的话，几乎感觉不到什么负担，但如果从40多岁才开始准备，压力就会特别沉重；再次要聪明投资，作者认为我们已进入到投资的时代，并花了很大的篇幅告诉读者如何投资。这是因为，"比

路　过

起资金的募集，如何更有效地通过运作让资金增值将成为整个社会关注的焦点"。

　　2. 有危机感，提前做好准备。书中讲述了一个《蚂蚁和蚱蜢》的故事：为了储备冬天的食物，蚂蚁在炎热的夏日里辛勤工作，而蚱蜢却坐在树枝上弹着吉他，嘲笑蚂蚁。冬天如期而至，蚂蚁躲进屋子里过冬，有暖暖的窝，充裕丰富的粮食，过得很安稳，而贪玩的蚱蜢既没有粮食也没有房屋，寒冷和饥饿侵蚀着它……这则故事提示我们，留足过冬的粮食比什么都重要。本书中，勤恳的宋思凡在年老时自豪地说："年轻时我节衣缩食，过得辛苦些，现在也到了享受人生的时候了！"相形之下，未对老年生活做好准备的钱小俊却穷困潦倒、尴尬不已。毕竟，没有准备的未来，终究会如自己所担心的一样到来。读到此处，我不禁深感"月光族"的危机，年轻人要提前做好准备，视节约为美德，将钱用在刀刃上。

　　3. 投资自己，规划职业生涯。投资方法无穷无尽，但我认为最好的一个莫过于投资自己。如果主人翁钱小俊在 30 多岁时提前规划好今后想从事的工作，并掌握相关领域的专业知识，即便是到了 50 岁从单位离职，也不会整日为了寻找工作而四处奔波。其实每个人的一生中都有很多机会，但当机会来临时，有的人却因为没有做好准备而白白错失了。作者指出，对大部分人来说，应对退休生活最重要的手段就是"干好自己的工作"，这需要对理想的热忱追求，并付出极大的努力，扎实掌握相关领域的专业知识，持续蓄积实力。而专业知识的获得不可能一蹴而就，需要经历一个漫长的刻苦钻研过程。

　　4. 保持清醒，珍惜青春时光。在本书中，已年逾古稀的钱小俊因为老年生活不佳而不时做出深深忏悔："如果真能再一次回到30多岁，我一定要重新换个活法。""让我再回到35岁吧，我有信心一定活得比现在好，我一定会好好规划自己的人生。人生就这么被我浪费掉，我实在心有不甘。""财富精灵"也替钱小俊的一生作出总结："总体来看，最令人遗憾的还是你在年轻时没能够充分开发出自身的潜能。"这时，我不禁为老年钱小俊扼腕痛惜，也为自己尚处在年轻时段而深感庆幸。是啊，时光一去不复返，到了人生下半场，机会将越来越少。青春意味着充沛的精力、刚强的意志、灵秀的想象和充满活力的情感。因为年青，还可以追梦；因为年青，还可以努力。珍惜青春时光吧，以免"少壮不努力，老大徒伤悲"。

5. 享受变化，不要轻易言弃。钱小俊已年老体衰，因为之前的荒废而显得意志消沉，认为人生已毫无希望。作者便开始鼓舞他，"老骥伏枥，志在千里"，如果我们把之前的岁月当成是热身，现在才是游戏的开始。无论什么时候都不要丧失希望，光是感叹岁月蹉跎是改变不了现实处境的，始终怀有消极想法的人不会幸福。无论再怎么困难，只要站起来重新出发就能收获希望。我相信，虽然时代与自身都在不断地变化，但变化中却蕴藏着巨大的机会。只要不抛弃，不放弃，相信自己能够找到新的突破口，并且做好迅速改变的准备，便会享受其中的乐趣。

6. 快乐生活，维系身心健康。在本书的最后，作者论断"健康、快乐、有意义这便是我们对幸福退休生活的全部定义"。健康、幸福地生活便成为本书的落脚点。健康是1，事业、财富、婚姻、名利等等都是后面的0，对于一个人而言，如果没有健康这个1，其他条件再多也只是0。正如洪昭光教授所说，"聪明人投资健康，主动健康，

路 过

这好比人生增值 120%；明白人关注健康，储蓄健康，人生可以保值 90%；普通人貌似健康，实则随心所欲，人生贬值 70%；糊涂人透支健康，提前死亡，生命价值缩减为 50%。"生活不是跑步比赛，而是沿途每一步都值得慢慢欣赏的旅行。在旅途中，人人都拥有工作、家庭、健康、朋友、心境等宝物，如何组合与权衡完全在于自己。所以，今天的选择成就了未来的模样。

人生智慧的结晶[1]

——读《沉思录》后感

今天的意义，在于可于当下沉静思考。不是回忆，不是幻想，而是沉思。沉思是净化心灵、培养美德的方式。即便经历旅行、打仗、叛乱、病痛和许许多多磨难，身为皇帝的马可·奥勒留仍抽空端坐在他的营帐里，写下他对人类和命运的思考，为后世留下了金子般的思想。

宁静地面对生活

马可·奥勒留既是宁静理性的哲学家，又是英勇果敢的皇帝。一方面，他自律自省，建立良好的个人品格。他追求"一种把温柔和庄重结合得恰到好处的品格"，从旁人那里学到了谦逊、忍耐、刚毅、节制、虔敬、仁慈、节俭等美德和品格；另一方面，他勤于治国，骁勇善战。他进行法律改革，认为国家要有一部基于个人平等和言论自由的法律，还设计出若干具体的法律措施；为了国家的安

---

[1] 对《沉思录》的三次读书总结分别载于2017年6月4日、2017年6月6日、2017年6月13日微信公众号"阅品坊"，署名：哲子。本文由该三次读书总结汇集而成。

宁繁荣，他亲自披挂上阵，奔赴沙场，率领军队打了一场场艰苦卓绝的战争。"哲学家依然在，只不过隐藏在皇帝的甲胄之下"。

认识宇宙的秩序和个人的谦卑。要想用极其博大的整体观审视宇宙很难。有智慧的人承认自己的局限，力图成为宇宙秩序的和谐部分。一切符合自然之道的事情都是正当、合理且美好的。宇宙理性及整体的内在逻辑决定着万事万物；个人需欣然接受其作为部分的谦卑角色，平静、和谐、欣喜地与宇宙秩序共存。

洞察知识的价值和引领作用。人在旅途，知识是最有价值的财富。"在人生的旅途上能指导我们的是什么呢？只有一样东西，那便是哲学。"学习哲学等有价值的科学，是一种坚持不懈的道德训练。知识塑造人的理性，引领方向，指引内心去领悟并审视万物的再生循环。

珍惜时光与生命，摈弃享乐主义。马可·奥勒留清醒地意识到，"一切肉骨凡胎，其有生之年如何短暂，其生命如何渺小"，因此，"享乐既不是有用之物，也不是善"。明智的人必须建立坚固正面的心灵堡垒，摆脱激情、愤怒、仇恨等负面琐事，专心专注于自己的工作。

宁静地面对命运的不幸。对于坏人错事，首先要选择原谅。智者不会受灾祸的影响，不管什么样的灾难从命中碾过，他依然留下洁净的灵魂。泰然承受不幸也是一种幸运。就像某人丢泥巴或秽物进清澈的泉水，它很快会把污秽冲走，洁身自净，全无污染。如此，才能过上平静而庄严的生活。

习得美德和品格

马可·奥勒留撰写《沉思录》卷一时，正逢与夸迪人交战中。文中思想貌似有些破碎零散，但仔细品味，仍可理出清晰的框架条理。在卷一部分，马可·奥勒留主要回忆总结了从亲人、老师、朋友那里学到的美德与品格。

——自我独处时

马可·奥勒留追求"一种把温柔和庄重结合地恰到好处的品格"，从周围的人那里学到了温婉、谦和、虔诚、善良、简朴、乐观等美德。

克己自律。管理好自己是管理他人的前提，独处时审慎节制，爱惜身体，洁净灵魂。就像他的父亲一样，"在戒绝时能坚持，在享受时有节制，这正是一个有着完美不屈的灵魂之人所表现出来的典型特征"。

平和笃定。学习玛西摩，"不一惊一乍，不胆怯畏缩；不仓促慌张，不犹豫踌躇；不手足无措，不垂头丧气，不强颜欢笑，更不易怒或多疑"；也学习他的父亲，"安而受之，既不得意忘形，也不自觉有愧，有则泰然享受，没有也不引以为憾"。

宽厚感恩。对于周边的人事，心存感激。马可·奥勒留感恩神明，感恩亲朋，感恩老师，感恩贤妻，甚至感恩遇到的挫折。

——与人交往时

作为自然人，需亲切友善，充满温情，"赞美他人而不刻意张扬，学识渊博而从不炫耀"；作为统治者，需头脑清醒，端庄威严，

路 过

"接受朋友们表面上的抬爱,而不因此放弃自己的独立"。

对待家人,倾之以爱,以慈父般的方式治家;对朋友悉心体贴、言行得体,令人舒服愉快,风趣幽默,但不逾矩;对粗鲁无理者宽容平和,胸怀博大,"对旁人的直言不愠怒";对持不同观念的人,开诚布公,坦荡以待,不忽视其劝诫。

在与人交往时,要诚实善良,乐善好施。对别人的师长也要尊敬,对别人的孩子也要喜爱。马可·奥勒留写道,"任何人,只要遇到金钱上的困难,或者需要其他的帮助,我常常乐于施以援手。"还要学会正确地表达,"不要以一种挑剔的精神去找错",而是"借助优雅得体的提示,巧妙地带出应当使用的正确表达"。

——处理公务时

马可·奥勒留学到了国家的观念,相信"这样的国家有一部基于个人平等和言论自由的法律适用于所有人",还学到了君主的观念,"这样的君主把臣民的自由看得高于一切"。关于治国理政的态度及方法,马可·奥勒留主要从自己的父亲那里习得。

正人先正己。他的父亲作为统治者,自己恪守制度先例,始终走正道,为其他人做出榜样。生活清廉,但思想高贵。他的父亲在生活上"能够屈尊纡贵,把自己降低到几乎等同于普通百姓的程度",但在思想上不会卑微,"在国家利益需要他以帝王派头去做的那些事情上,他的行为也不会因此变得更马虎"。

作为皇帝,他相信有条不紊的处事方式、刚毅果敢的性格特质,乐意听取关乎公共利益的任何建议,坚定不移地决心给予每个人他应得的东西。需热爱工作,勤勉敬业,深谋远虑,居安思危。每当遇不测之事时,沉着冷静,镇定自持,还要保持良好的幽默感。

对待臣民，平易近人。他的父亲"总是制止人们对他欢呼喝彩，以及各种阿谀奉承"，从不要求他人陪同共进晚餐或外出旅行；对待人才，支持爱惜。"给予他们积极的支持，使每个人都能得到他们应得的荣誉"；对待国家，明智清醒。"始终警觉地关注帝国的需要，明智地管理着它的资源，宽厚地容忍因此招致的责难"，并懂得取舍，知道何时该坚持，何时该放弃。

——追求真理时

找到自己的兴趣信仰。马可·奥勒留在众多知识体系中找到了自己人生的兴趣、信仰——哲学，学会了撰写对话，醉心于简陋生活。他的理想是过"一种合乎自然的生活"。笔者认为，"自然"是指他心中的正义及真理吧。

淡泊名利。"对于所谓的荣誉没有虚荣"，目的是追求真理与价值，而不是借此获得赞誉或名利。

潜心钻研。重视知识价值，深究真理，不浅尝辄止，即"读书要细心，不可浮光掠影"。

勤奋实干。要有"独立自主及坚定不移的决心，不把任何事情交给运气。除了理性之外，丝毫不依赖其他任何东西"。勤奋是通向理想的唯一路径。

坚定专注。对于深思熟虑之后作出的决定毫不动摇，病痛、繁忙等原因也不是借口，在任何时候都要毫无怨言地完成目标，始终如一。

起舞，于此生

卷二中，马可·奥勒留深切体会到生命的宝贵，强烈地表达了

路 过

对时间的紧迫感,"属于身体的一切就像是一条河流,属于灵魂的一切就像是一场幻梦、一缕烟云;人生是一场战争,是一个朝圣者的旅居,身后之名过眼便忘"。作者从各种角度告诫自己及世人积极认真地对待今日今生,正应了尼采的那句话,"每个不曾起舞的日子,都是对生命的一种辜负。"

人生太短暂,赶快清醒振作起来。在浩瀚宇宙中,凡胎肉体渺小且短暂。"人的一生,其持续时间不过是短暂的一瞬"。"万物消失,何其匆匆,它们的实体消失在宇宙中,对它们的记忆消失在永恒里"。但也不要惧怕死亡,因为它是自然的运转与福祉。假如今天是你生命的最后一天,你该怎么做呢?马可·奥勒留说,"别再做奴隶,别再做被各种私欲牵来扯去的玩偶,别再抱怨你眼下的命运,也不要恐惧未来的命运。"你的一言一行,一思一虑都要谨慎自律、纯洁坦荡、积极向上,就"像是一个此刻就要告别尘世的人所为"。

珍惜现在,杜绝拖延。现在的光阴是何等宝贵,"生死都只有一次,你即将告别的生活正是你现在所过的生活,你现在所过的生活也正是你将要告别的生活"。万物循环往复,短暂的现在稍纵即逝,不要拖延,拖延就是对生命的浪费,"你的时间已经不多,如果你不把这段时间用来照亮你的灵魂,它就会逝去,而你也会逝去,再也没有机会了。"

去除杂念,战胜弱点。用智慧去辨别并摒弃没有价值的事。"那些用快乐诱惑我们,用痛苦恐吓我们,或被虚荣所赞誉的事物,它们多么没有价值,多么可鄙、肮脏、短暂、死寂",丢掉欲望、粗心、虚伪、自恋、不满等负面想法,摒弃愤怒、憎恶、享乐、痛苦、鲁莽等人性弱点,这些杂念是"人的灵魂对自身的作践"。宇宙的本性是让人弃恶从善，即使对待恶人，也不要愤恨。

自尊自爱，奋发图强。要敬重自己，勤勉努力，不能把自己的幸福寄予别人身上，不要失去"让你荣耀自己的时机"，因为一个人仅有此一生。带着"对自由和正义的爱"，一丝不苟、专心致志地做好手头的每一件事。"在做生活中每一件事时都把它当作最后一件事来做"，这样才能过上平静且庄严的生活。

关注内心，找到信仰。马可·奥勒留认为，"那些不密切关注自己内心活动的人必定不快乐"，乐于猜测别人内心的想法是悲惨的，人的价值在于找到自己内心的信仰并坚定追随。这样，内心便纯洁无瑕，自己主宰自己的正当行为，不受纷繁复杂的外界影响。这位皇帝哲学家找到了自己的信仰，"在人生旅途上能指导我们的是什么呢？只有一样东西，那便是哲学。"

明确目标，积极行动。马可·奥勒留强调了确定目标的意义，"即便是最微不足道的事，也要参照某个看得见的目标来做。"不要漫无目的、盲目地空耗时间，得"拿出空闲时间学点儿更好的新东西"。"那些在生活中疲于奔命却漫无目标、每一个冲动甚至每一个想法都无所皈依的人，也都是嬉戏玩闹之徒。"作者心中的理性目标，就是"要服从最原始的城邦和政体——宇宙——的理性和法律"。

路　过

用劳动铸造梦想

——学习习近平总书记"五一"重要讲话精神后感

学习了习近平总书记在庆祝"五一"国际劳动节暨表彰全国劳动模范和先进工作者大会上的讲话后，我对劳动精神及中国梦的内涵有了进一步的认识，最大的收获是三个字：梦、学、干。

树立远大梦想

首先，要树立个人梦想。个人的梦想是引导个人奋斗的启明灯，没有梦想与目标的人，如同航行在大海上的船舶失去了方向。因此，每个个人都需结合自己的爱好、经历、教育程度来树立梦想，特别对于青年人来说，志存高远，才能展翅高飞。其次，要读懂中国梦。在参观《复兴之路》展览过程中，习近平总书记作了讲话，重点阐述了中国梦的理念，他指出，实现中华民族伟大复兴，就是中华民族近代以来最伟大的梦想。中国梦的落脚点是实现国家富强、民族振兴、人民幸福。最后，要把个人梦与中国梦紧密联系在一起。习近平总书记在"五一"讲话中指出，我国工人阶级和广大劳动群众要增强历史使命感和责任感，立足本职、胸怀全局，自觉把人生理想、家庭幸福融入国家富强、民族复兴的伟业之中，把个人梦与中国梦紧密联系在一起，把实现党和国家确立的发展目标变成自己的自觉行动。把个人的梦想融入祖国的发展浪潮中，用个人的才华为社会贡献力量，才更有价值感与自豪感。

学习劳模精神

劳动模范和先进工作者以忘我的拼搏精神、卓越的劳动创造为我们树立了学习的榜样，生动诠释了"爱岗敬业、争创一流，艰苦奋斗、勇于创新，淡泊名利、甘于奉献"的劳模精神。"航空报国英模"罗阳把时间最大限度地献给了祖国的航空事业，用自己的生命举起航空报国的梦想；"全国五一劳动奖章"获得者孔凡成以一名共产党员的责任与担当提前贯通牦牛山隧道，同行们都说，"有党员先锋老孔在，多难的隧道都能成"；"最美司机"吴斌在生命最后76秒拯救24名乘客，用责任展示生命亮度；呼和浩特火车站售票员孙奇时刻将热情和严谨注入岗位，用真诚和微笑服务旅客，用平凡行动诠释敬业奉献真谛；"环保卫士"孟祥民坚守自己的价值观踏踏实实地工作，危险与困难留给自己，用忠诚和责任书写当代环保人的风采；聋哑教师杨小玲最大的心愿是希望每位聋哑孩子都生活得幸福而有尊严，是无声世界的幸福使者；乡村医生钟晶用贴心服务暖人，用精湛医术救人，被誉为"全国最美乡村医生"……劳动模范的事迹不胜列举，为我们提供了强大的精神动力。我要把劳动模范和先进工作者当作学习的楷模、工作的标杆，学习他们崇高的理想信念、踏实苦干的优秀品质。

路过

立足勤勉劳动

马克思在《哥达纲领批判》中指出："一步实际运动胜过一打纲领。"没有行动支撑的梦想不可能到达，仅仅只是幻想而已。"空谈误国，实干兴邦"是中国从千百年来的历史经验教训中总结出来的重要结论。勤劳是中华民族的传统美德，"民生在勤，勤则不匮"，就像习近平总书记在"五一"重要讲话中指出的，任何一名劳动者，要想在百舸争流、千帆竞发的洪流中勇立潮头，在不进则退、不强则弱的竞争中赢得优势，在报效祖国、服务人民的人生中有所作为，就要孜孜不倦学习、勤勉奋发干事。一切劳动者，只要肯学肯干肯钻研，练就一身真本领，掌握一手好技术，就能立足岗位成长成才，就都能在劳动中发现广阔的天地，在劳动中体现价值、展现风采、感受快乐。

综上所述，无论是追求个人自身的价值与梦想，还是实现中华民族伟大复兴的中国梦，都需要付出长期艰巨的努力，脚踏实地，扎扎实实干好本职工作，从身边的小事做起，一步步地完成点滴规划，用实干精神和实际行动让梦想照进现实。

中篇 水中观花

密码在守护[1]

——学习《中华人民共和国密码法》后感

为了规范密码应用和管理，促进密码事业发展，保障网络与信息安全，维护国家安全和社会公共利益，保护公民、法人和其他组织的合法权益，我们国家制定了《中华人民共和国密码法》。密码法旨在提升密码管理科学化、规范化、法治化水平，是我国密码领域的综合性、基础性法律。该法已于 2020 年 1 月 1 日起正式施行，这标志着我国在密码的应用和管理等方面有了专门性的法律保障。

密码，是指采用特定变换的方法对信息等进行加密保护、安全认证的技术、产品和服务。密码功能主要有两个：一个是加密保护，一个是安全认证。密码法规定，我们国家对密码实行了分类管理，分为核心密码、普通密码和商用密码。核心密码和普通密码保护国家秘密，商用密码保护商业秘密、个人隐私和其他信息。

密码守护个人生活。人们通常使用的计算机或手机开机密码、电子邮箱登录密码、银行卡支付密码是最简单的密码。我们的身份证、银行卡、手机、护照、家里用的智能门锁、水卡、电卡、燃气卡、社保卡，还有经常扫来扫去的二维码，他们的安全使用也都是

---

[1] 本文原载于 2020 年 8 月 6 日微信公众号"阅品坊"，署名：哲子。

路 过

  密码在保驾护航。试想，一位旅客入住酒店，如果酒店系统未用密码保护，会导致其个人信息被泄露，银行卡也可能被盗刷。而使用经国家检测机构认定的密码加以保护就能有效防范这些风险。

  密码守护企业信息。企业的数据资料、商业秘密、金融交易的信息等都是密码在守护。任何组织和任何人都不能窃取别人加密保护的信息，或者入侵别人的密码保障系统，不然都会受到法律的制裁。如果公司员工未使用密码保护公司的内部数据，擅自通过互联网传输，不慎被黑客轻易获取，就会给企业造成严重损失。现在的网上支付系统、5G、区块链、云计算和人工智能等，都离不开密码保护。企业可以依法使用商用密码保护网络与信息安全。

  密码守护国家秘密。密码是国之重器，在保障网络与信息安全，维护国家安全和社会公共利益等方面发挥着重要作用。密码法规定，国家加强核心密码、普通密码的科学规划、管理和使用，加强制度建设，完善管理措施，增强密码安全保障能力。国家鼓励和支持密码科学技术研究和应用，依法保护密码领域的知识产权，促进密码科学技术进步和创新。在税收工作中，通过使用密码保护，保证了发票的真实性，为我国的税收事业做出了巨大贡献。在国家的大力支持下，密码技术不仅与高科技发展相融合，而且还处于新兴产业发展的最前沿。

  在使用密码的过程中，我们要做到有所为，有所不为。密码使用人员需谨防与禁止我国《保密法》规定的12种保密违规行为，如非法获取、持有国家秘密载体；买卖、转送或者私自销毁国家秘密载体；通过普通邮政、快递等无保密措施的渠道传递国家秘密载体；邮寄、托运国家秘密载体出境，或者未经有关主管部门批准，携带、传递国家秘密载体出境；非法复制、记录、存储国家秘密；在私人交往和通信中涉及国家秘密；在互联网及其他公共信息网络或者未采取保密措施的有线和无线通信中传递国家秘密；将涉密计算机、涉密存储设备接入互联网及其他公共信息网络；在未采取防护措施的情况下，在涉密信息系统与互联网及其他公共信息网络之间进行信息交换等等。

  在学习我国《密码法》后，我深感密码守护着多维度权益，密码和我们的生活息息相关。我们只有认真学习并践行保密法律法规，才能远离保密违法违规行为。密码联系你我他，共筑安全靠大家。

路 过

读《千字文》随感[①]

惜 时

《千字文》中说,"寒来暑往,秋收冬藏。闰余成岁,律吕调阳。云腾致雨,露结为霜。"

大自然的运转向来有条不紊。一年四季,交替运行,秋天收割,冬天储粮。闰日闰月,用来调整历法纪年。六律六吕,可与时序调和阴阳。水汽蒸腾,成云化雨。夜冷凝露,天寒结霜。

大自然是理性的,它不因人们的喜怒哀乐而偏离或者停止。"在自然界,既不存在奖赏,也不存在惩罚,一切存在都不过是某种结果"。大自然也是公正的,它只赐予果实给勤劳的人。"一月三回寒食会,春光应不负今年"。

在自然规律的交替下,人的时间显得宝贵而又短暂。莎士比亚说,"我曾经浪费过时间,现在时间开始消耗我。"那么,为什么要在不重要的事上拖泥带水?为什么又要在不喜欢的事上白白耗费?

[①] 《惜时》《苍茫自然》分别载于2018年8月27日、2018年8月26日微信公众号"阅品坊",署名:哲子。

毛主席有句名言："多少事，从来急；天地转，光阴迫。一万年太久，只争朝夕。"每一天都是生命的犒赏，每一分钟都是最好的时刻。我们要设法利用时间，而不是想着如何打发时间。

苍茫自然

《千字文》中说，"天地玄黄，宇宙洪荒。日月盈昃，辰宿列张。"

这简短 16 字描述了天、地、日、月、星辰、宇宙。上天苍蓝，大地灰黄，宇宙一片混沌，无边无际。太阳东升西落，月亮圆了又缺，满天星辰排列有序。"神看着一切所造的都甚好"。

"诸天述说神的荣耀，穹苍传扬他的手段"。自古以来，人类对大自然的思索就不曾停止，宇宙苍穹给圣贤智者带来无穷的启迪。希腊人最初主要的哲学研究对象就是自然，哲学家们试图以自然的东西说明世界，大多用构成万事万物的材料（如水、火、土、气等）作为本原，形成了希腊哲学的早期形态"自然哲学"。

宇宙之宏大让在尘世生活流转中的我感到了自己的无尽渺小。"天，是耶和华的天。地，他却给了世人"。一切困顿在苍茫自然下显得不堪一击，希望在最后能坦荡地说："那美好的仗我已经打过了，当跑的路我已经跑尽了。"

路 过

宁静致远[1]

——读《诫子书》后感

《诫子书》是诸葛亮写给儿子的一封家书,也可以看作是一位智者对世人的告诫,成为后人修身立志的名篇。当心浮气躁时,或趾高气扬时,或心灰意冷时,读一读《诫子书》,心境会平和而开阔。

静心。"夫君子之行,静以修身,俭以养德。非淡泊无以明志,非宁静无以致远。"人的品格的修炼需要心静。只有清净而不贪图名利,才能表达自己的崇高志向。只有集中精力、心无旁骛,才能实现自己的远大目标。

立志。诸葛亮强调,"非志无以成学"。有志者,事竟成。人需有高尚的理想追求,志存高远是成大事者的首要条件。

勤勉。"夫学须静也,才须学也。非学无以广才。"知识和技能的积累需要勤奋地钻研学习,如果懒散无为,就不会增长才干。

自律。"韬慢则不能励精,险躁则不能冶性。"自律才能自强。过度地享乐不能使事业精益求精,冒险急躁不能陶冶性情。

惜时。"年与时驰,意与日去,遂成枯落,多不接世,悲守穷

---

[1] 本文原载于2017年6月16日微信公众号"阅品坊",署名:哲子。

庐，将复何及！"年龄随着时间的流逝而增长，如果蹉跎了光阴，没有对社会做出应有的贡献，则埋下了悔恨的种子。正所谓，"少壮不努力，老大徒伤悲"。

路 过

勤勉好学[①]

——读荀子《劝学》后感

《劝学》是荀子的名作之一，较系统地阐述了学习的意义、态度和方法等。笔者将学习的方法归结为如下几点：

日积月累。"积土成山，风雨兴焉；积水成渊，蛟龙生焉；积善成德，而神明自得，圣心备焉。故不积跬步，无以至千里；不积小流，无以成江海。"不管什么样的成就，都需要积累的力量：积累善行养成高尚的品德；一步一步地行走才能到达千里之外；一滴一滴地汇集才能形成江湖河海。再大的目标也要依靠日积月累的学习，完成日计划、周计划、月计划，才能逐渐实现心中的梦想。

锲而不舍。"骐骥一跃，不能十步；驽马十驾，功在不舍。锲而舍之，朽木不折；锲而不舍，金石可镂。"骏马只跳跃一次，还不能到达十步；劣马拉车连走十天，也能走得很远。如果中途放弃，连朽木都折不断；如果坚持不懈，就算金石也可雕刻。明确目标与梦想后，一旦中途放弃，终究一事无成，唯有坚持下去，才能收获最后的果实。

专心致志。"蚓无爪牙之利，筋骨之强，上食埃土，下饮黄泉，

[①] 本文原载于2017年6月19日微信公众号"阅品坊"，署名：哲子。

用心一也。蟹六跪而二螯，非蛇膳之穴无可寄托者，用心躁也。"蚯蚓虽然没有锋利的爪牙和坚硬的筋骨，但凭借着专一的精神，能够"上食埃土，下饮黄泉"。再看螃蟹，虽然有多个蟹腿和蟹钳，但心境浮躁，不能专心做事，只能寄身于蛇膳之穴。记住放大镜原理，聚焦一点才能力大无穷。

在治学的道路上没有捷径可走，勤奋是唯一的方法。唯有抱着吃苦的精神，专心致志、锲而不舍、日积月累，才能学有所成，实现自己的人生梦想。

路　过

难忘的会议[1]

"这次会议有严格的纪律，你必须准时参加。"一天，小清听到自己的丈夫严肃地说。小清心生纳闷，我是一名家庭主妇，为什么要求我参加爱人的会议，又为什么必须参加？这是什么样的会议呢？

带着些许疑问，小清还是按照自己丈夫的要求按时参会了。环顾四周，会场座无虚席，前面区域坐着单位的男同胞，后面家属区坐满了女性家属。参会的女人们有的身怀六甲，有的从单位请假过来，有的临时改变了旅行行程，有的克服了其他的困难。

通过主持人的介绍，小清明白了，这次会议的参会对象是单位近年新提拔的领导及其家属，主题是廉政教育，教育对象不仅有干部，还有干部的家属。会议上，大学教授、纪委书记、先进代表分别发言。小清边听边记边想，思绪万千。

小清联想到，党的十八大以来，习近平总书记多次谈到要"注重家庭，注重家教，注重家风"，要求"领导干部要把家风建设摆在重要位置，廉洁修身、廉洁齐家"。家是最小国，国是千万家，家庭是构建和谐社会的重要基础。在一个家里，如果男人是顶梁柱，女人则是归属。女人的责任与修养关乎家庭幸福，妻贤夫祸少，妻廉

---

[1] 本文原载于 2018 年 9 月 2 日微信公众号"阅品坊"，署名：哲子。

188

中篇　水中观花

夫得益。家风浩然敦厚，作风才严实清廉。因此，廉政教育普及到干部家属是极有必要的。

"要注重修身治家，树立良好的家风，做文明家庭的建设者。"小清在笔记本上写道。古人提倡"五常八德"，"五常"即仁、义、礼、智、信，"八德"即孝、悌、忠、信、礼、义、廉、耻。这些宝贵品质在现代家庭中也要延续。立家规、传家训、树家风，是塑造优秀人格、维系社会安定的重要环节。在家庭生活中，既要关注立言立行，也要关注立人立事，还要关注理想与追求。攀比、从众、侥幸等心理与家庭教育的缺失不无关系。小节不保，大节难守。因此，要将自省作为伴随终生的必修课，反思自己，净化灵魂，在修身中守住初心、守住底线。家庭是人生的基础课堂，好的家风影响着家庭成员的精神、品德及行为，有利于家庭成员自我认同与自律，形成正确的人生观和价值观，有利于促成远大的眼光和庞大的发展平台，更有利于孩子的健康成长。我们需牢固树立遵纪守法、艰苦朴素、自食其力的良好观念，营造"以德立家、以德治家、以俭持家、以廉保家"的良好家风。

"要守纪律、讲规矩，筑牢反腐防线，做廉洁家庭的守护者。"小清又记下了这样一句话。共产党员须时刻保持先进性，把官德修养融入家风建设。当共产党的"官"只有一个宗旨，就是造福于民。领导干部以身作则作表率，既要做务实重行的标杆，又要做遵章守纪的标杆，以民为本、为人磊落、修身正直、廉洁从政，勤勉奉公、爱国敬业，正情欲、节物欲、寡官欲，做忠诚、干净、担当的好干部。家庭是反腐倡廉的重要阵地，督促亲人勤政廉政是对家庭的幸福负责。现实中，有些缺口就是从家属身上攻破的，好伴侣如同家

路　过

中明灯，坏伴侣就是枕边炸弹。作为干部家属，我们要把好家门、守好后院，常吹家庭"廉政风"，念好家庭"廉政经"，守住家庭"廉洁门"，帮助伴侣把好六道关、算好七笔账，积极发挥家庭助廉、家庭促廉的作用。北宋名臣包拯以英明刚直而著称于世，他在晚年为子孙后代制定了家训，其中一条家训"犯赃滥者，不得放归本家"，表达了他希望后世世代忠良的愿望，这既是他一生的品格写照，也是对后人的训诫。

"要自觉践行社会主义核心价值观，弘扬家庭美德，做和谐家庭的带动者。"小清再写道。社会主义核心价值观的基本内容包括倡导富强、民主、文明、和谐，倡导自由、平等、公正、法治，倡导爱国、敬业、诚信、友善。其中，富强、民主、文明、和谐是国家层面的价值目标，自由、平等、公正、法治是社会层面的价值取向，爱国、敬业、诚信、友善是公民个人层面的价值准则。党员干部要积极培育和践行社会主义核心价值观，珍惜组织培养，维护党的形象，做弘扬中华传统美德和道德文化的排头兵，注重个人品德建设、家庭美德建设、职业道德建设和社会公德建设。作为领导干部家属，要发挥在家庭美德建设中的示范作用，发扬社会主义新风尚，模范遵守家庭美德，夫妻和睦、孝敬长辈、关爱孩子、团结邻里、勤俭持家，坚决抵御各种腐朽落后思想文化的侵蚀。以高尚的家庭美德带动全社会形成讲道德、重修养的良好风尚是每个家庭成员的共同责任。简单拥有就是幸福，幸福家庭是合格公民的发源地，是社会安宁与文明的根基。

小清想到了周恩来总理，一位务实清廉的楷模，一位家庭建设的榜样。周总理清廉治家的"十条家规"传承至今：1. 晚辈不准丢下工作专程来看望我，只能出差顺路来看看；2. 来者一律住国务院招待所；3. 一律到食堂排队买饭菜，有工作的自己买饭菜票，没工作的我代付伙食费；4. 看戏以家属身份买票入场，不得用招待券；5. 不许请客送礼；6. 不许动用公家的汽车；7. 凡个人生活上能做的事，不要别人来办；8. 生活艰苦朴素；9. 在任何场合，都不要说出与我的关系，不要炫耀自己；10. 不谋私利，不搞特殊化。这些琐碎、苛刻的家规体现了总理高尚的道德情操，值得后人效仿学习。

走出会场，阳光明媚，小清感觉自己的心灵如涅槃重生。"妻子要廉洁齐家，做好家里的贤内助与廉内助，当好家庭的纪委书记。"领导的这句叮咛萦绕在小清的耳畔，久久挥之不去。家风正则民风正，民风正则政风清，千万个家庭良好的家风家教才促成国家的安定、强大。以家风建设助力作风涵养，促进党风政风民风转变，是党员干部及其家属义不容辞的责任。小清已下定决心，将本次会议精神内化于心，外化于行，为传承良好家风、营造廉洁家庭、建设幸福港湾做出自己的努力。

路 过

采集生活的阳光[①]

——听《青年文学》杂志主编张菁的文学讲座后感

那天,《青年文学》杂志主编张菁女士在我们当地长江大学文学院开展了一次关于文学的讲座,我有幸在现场聆听。

张菁老师开口讲话时,满屋子飘起了花香。这位女性有着对写作质朴而又纯粹的热爱,对文学广博而又深厚的功底,对生活高端而又深刻的领悟。在这里,张女士向我们开放她不拘一格、兼容并蓄的书架,娓娓道来她的读书、写作与编辑感悟。凭着热忱、博学与智慧,张菁老师让文学呈现出千姿百态的魅力,文字的厚重之美向我扑面而来,带给我很多关于写作的启迪。

写作须心怀热爱。作者对文学怀有纯粹的热爱,才能打造一部好的作品。写作应是一种内心滋养,温润精神与心灵。通过笔下的文字,作者创造属于自己的写作版图,世界静了下来,只有作品和自己。写作是自我反思方式。作为表述工具的文字,展现了一个人的微妙体验、世界观、哲学理念。有时写笔下人物精神上的困顿,实际上是在梳理自己的思绪,借此不断建立自我。写作也是与世界的沟通。一个人的生活理念、思考方式以及看待世界的思维尽在文

---

① 本文原载于 2020 年 5 月 24 日"金融作协"微信公众号。

字的描述里。新闻止步的地方，就是文学开始的地方。文字不生不灭，是生活折射到心里。写作者要有担当，内心柔软，眼界打开，用心感知周遭的生活，对身边的人和事充满体恤、悲悯、理解，从不幸中看到希望。文无第一，写作的人永远都在奔向第一的路上，在享受幸福的途中。写作不是轻易的事，但属于内心。有位工匠说，"好东西被制作出来并留于世上。随后，每个时代都存在有眼光的人，好东西会通过他们留存下去。所以，你只需要专注于怎么做好。"写作也一样。唯有热爱，才能专注与坚持，最终形成纯正的作品。对写作怀有单纯的喜欢，使其成为一生的挚爱，并对此付出终生的努力。

写作得厚积薄发。写作的素养贵在平时积累。一要在经典中积累。张菁女士向我们展示了她广博的文学功底，对于古今中外的著名作家、经典著作、精彩描述，她都会在讲述中信手拈来。经典会影响、滋养人。例如，对于《百年孤独》这部经典，莫言评价，"我读这本书第一个感觉是'震撼'。原来小说可以这样写。紧接着感觉到遗憾，我为什么早不知道小说可以这样写呢？"多读精品，感受经典的魅力，才能铺垫自己写作的基础。二要在生活中积累。在著作《活着为了讲述》中，马尔克斯自叙，"我年轻过，落魄过，幸福过，我对生活一往情深。"喧嚣纷乱而又生动可信的现实，可以映射人们的丰富多彩。张菁老师说，"向上跳一步，仰头看天"，其实是强调从社会经验中提炼出人生体验。写作源于生活，而高于生活。作家首先用心感知生活，然后表达认知。莫言就是民间积累的高手。他的短篇小说《枯河》情节虽然简单，却在有意无意中寻得具有强烈象征蕴涵的纷繁意象，揭示了冷静下的痛，让读者思寻所有选择背后的原因。《坚不可摧》一书讲述了一个关于生存、抗争和救赎的"二战"故事,死很容易,艰难地活下去才是考验。

  写作需展示美感。文如其人,文章的品性归根结底来自创作者自身的品性。文字背后包含了创作者的生活哲学观。它是作者面对世界的方式、认知与态度,是审美趣味的体现,应该展示出一种苍茫的美。一要有无限延伸的想象。作品与作文不同,不能简单地使用枯燥的词,而应该是生动的、栩栩如生的、充满创意的。作者需赋予想象以无限的延伸,打造一场听、嗅、味的盛宴,在一瞬间表达美。张菁老师举了个例子,"水赤着脚走在潮湿的街上"。我还想到了《包法利夫人》对心理的描写,"心里没有忧伤,就像额头没有皱纹一样",还有《卡尔维诺文集》中的"天空像一张绷紧的薄膜似的颤抖着,人正在这样同自己撕打,两只手上都握着利剑"。二是要有严谨的态度。张菁老师希望创作者对文学要有敬畏感,她把自己修改一篇糟糕文章的经历比作"疏通下水道"。是的,作者首先要秉持面对文学的积极态度,即对自己文章的尊重。文学是手艺活儿,值得精心打磨。一个好的作家需在乎尊严、仪式感,注重细节,对自己的作品反复修改,认真考究,既求形式上的合规工整,也求内容中的真善美,将大千世界凝聚浓缩到一个点,与读者共情,让人们感受到文字背后的你。

  写作要巧妙构思。好的文学作品需求新、打破,理念先行,拥有巧妙的构思与别致的处理,以充分表达作者的感知力、想象力、创新力与内心情意。张菁老师分别从小说、散文、诗歌等方面与听众探讨了文章构思,给人启示。写小说需注重五要素:一是人物。用阅历体现复杂的多面性,要突出人物的面目,而不是面貌,典型人物背后往往站着一群人，如孔乙己、祥林嫂。二是主旨。发挥思考力，透过琐碎、悲伤看到希望，坚信光的存在。三是结构。注意技术、编排、设计，体现高智商，找到恰当的线索。四是故事。不在乎真实，而在乎营造的世界是否具有逻辑性。五是语言。要注意叙述节奏，语辞规范，运用逗号、句号等停顿建立音韵，用语考究、提炼、精致，体现独特性。而散文求真、求我，让创作者没有办法隐藏自己。它不应是单纯的抒情文，要从感觉中提炼、沉淀，体现生活与生命的状态。诗歌具有独特气息，要求语言有轻盈感，感情饱满，思路打开。此外，找到适合的切入点与主题是很关键的。如《卖火柴的小女孩》就以火为切入点，依托火炉、鹅、圣诞树、奶奶等氛围，激励人们鼓起勇气去追寻光亮。再如，卡尔维诺的短篇小说以战争为常见的主题。其大多数作品以战争为背景，小说对战争的游离让人对其认识深刻。也有少数作品直面战争，表明作者对战争的态度，关怀在战争中被裹挟的个人命运，思考战争引发的种种问题。他在《我们的祖先》中写道，"战争打到底，谁也不会赢，或者说谁也不会输，我们将永远互相对峙，失去一方，另一方就变得毫无价值。"

写作求体现深度。张菁老师数次提到写作要体现作者的哲学领悟能力，这是一种终极升华。柏拉图说："智者说话，是因为他们有话要说；愚者说话，则是因为他们想说。"深度思考，才能让文字具有生命力。一篇好的文章应该是厚重的、深刻的，未经反省的经验都不值得书写。卡尔维诺在《轻》中说："最沉重的负担同时也成为最强盛的生命力的象征。负担越重，我们的生命越贴近大地，它就越真切实在。相反，当负担完全缺失，人就会变得比空气还轻，就

路　过

会飘起来，就会远离大地和地上的生命，人也就只是一个半真的存在，其运动也会变得自由而没有意义。"写作不能仅停留在情感的颤动等真实描写，更要揭示内敛克制、热烈奔放等真像。文字最终要揭示背后的社会现象、精神现象，与社会学、哲学等联系，以抵达更开通的世界。写作是多维思想的沟通与碰撞，传统文化、人文知识、世界性的眼光并重，用智慧与生活共通，展现时代的变化，力求精品化、经典化。有些作品让人领略到文字与学术融合的独特魅力，如曹聚仁著作的《中国学术思想史随笔》、冯友兰散文《觉解人生》、沈从文写的《哲思录》。

　　译文经典《金蔷薇》中有一个动人故事：夏米把首饰作坊的尘土里的金粉用簸扬机筛出来，铸成一小块金锭，然后用这块金锭打成一朵金蔷薇，送给苏珊娜。作家何尝不是现实中的夏米？他们花费很长的时间用心筛取着生活中的金粉。这些金粉也许是历经困苦后的优雅和高贵，也许是透过枯燥后的高尚精神，也许是穿越黑暗后的光明和希望，也许是选择放下后的爱与包容，也许是广博学识后的高度提炼。然后，他们把这些金粉聚集拢来，熔成合金，将其锻造成"金蔷薇"——自己的文学作品。

　　人生是场修行，理应诗意地栖居。抬头时观云，低首时看路，于写中思。生活是浊重的，写作的人就是在其中采集阳光。

中篇　水中观花

观鸟的遐想[1]

这天，我和女儿撒了些面包屑在院子的地上，准备喂鸟、观鸟。

等了许久，好容易见到鸟儿的踪影，但它们又闪电般警惕地飞走了。对场景的变幻莫测，两岁的女儿既感陶醉，又感烦恼。"鸟儿什么时候才会来吃啊？"女儿担心地问。"嘘，安静，耐心，等待。"我对女儿说。

史铁生在《我与地坛》中说，"午后，如果阳光静寂，你是否能听出，往日已归去哪里？在光的前端，或思之极处，在时间被忽略的存在之中，生死同一。"时空静默，而我思绪万千。如今，新冠肺炎疫情还没有结束。瘟疫，从古到今都不是单纯的医学问题，而是关系到国家政令、医事制度、法律规范、公共卫生、民众信仰等方方面面的社会问题。非一人之疫，而是一地、一国乃至全球之疫。疫情是考验，是警醒，是启示。这是一场关于人与自然关系的反思，是一场关于生命意义的教育，是一场对生活方式的重构……所有经历都是成长，在这场没有硝烟的战斗中，疫情带给人启示与感触。

《未来简史》中说："几千年来，人类一直面对着三大问题——

---

[1]　《观鸟》一文原载于2020年3月26日微信公众号"阅品坊"，署名：哲子。本文为其删改版。

路　过

饥荒、瘟疫和战争。"面对仍在继续的对抗新冠病毒的战役,我想到了传染病对人类文明带来的巨大的影响。有什么可以轻易打倒一支军队或者一个帝国?答案是传染病。人类与瘟疫的抗争从未停止过,这和人与自然的关系息息相关。法国作家雨果说:"大自然是善良的慈母,同时也是冷酷的屠夫。"我们生活的地球不止一面,世间万物皆有灵魂。人类动物、花草石木、山川河流、熔岩地毯、刀山石岭,孕育我们的星球是如此奇幻多姿,无与伦比的美。同一个地球,同一口空气。敬畏自然,才能被善待。时至今日,许多人却将"万物有灵"抛之脑后,对自然万物毫无敬畏之心,眼前的"肺炎疫情"便是自然给我们的一次严重警告。我们和野生动植物共同生活在同一个地球,我们的健康依赖于野生动物群体的健康以及生态的健康。生命是场神圣而不可侵犯的朝圣。作为万千生物中平凡而微小的一种,我们人类要保持谦卑,面对所有生命都要心怀敬畏,否则,灾难会卷土重来。地球已跨进新的地质时代——人类世,其他物种在以日常可见的速度灭绝。扪心自问,当一种动物灭绝时,我们失去了什么?保护野生动物,为地球也为人类自己。《动物世界》中说,"一旦我们认定一件事情的时候,我们的想法就会变得很片面。"放眼自然界的种种关联,对未来的真正慷慨,是把一切都献给现在。从现在开始,聆听内心的声音,倡导文明健康绿色环保的生活方式,爱护自然,心怀暖阳,笑迎春光。人生只有走出来的美丽,没有等出来的辉煌。一步一步向前走,终会抵达黎明。我们坚定信心,做好防护,科学防治,一定能打赢这场防控战。

　　哲学促使人们思考生命意义。幸福是把灵魂安放在最适当的位置。人生最终的价值在于觉醒和思考的能力,而不只在于生存。在

中篇　水中观花

时光的洪流中，人的一生其实非常渺小。马可·奥勒留在其所撰写的《沉思录》中精辟地表述了这一人生哲学思想。在他看来，人只是浩瀚无边的宇宙中一个微不足道的生物，宇宙的广袤无垠与人生的短暂渺小形成了鲜明的对比。"在人的生活中，时间是瞬息即逝的一个点，实体处在流动之中，知觉是迟钝的，整个身体的结构容易分解，灵魂是一涡流，命运之谜不可解，名声并非根据明智的判断。一言以蔽之，属于身体的一切只是一道激流，属于灵魂的只是一个梦幻，生命是一场战争，一个过客的旅居，身后的名声也迅速落入忘川。"弗洛姆在《占有还是存在》中也说，"看起来，我好像拥有一切，实际上一无所有，因为我所有的，所占有的和所统治的对象都是生命过程中暂时的瞬间。"的确，没有什么比时间更具有说服力了，因为时间无需通知我们就可以改变一切。一个人知道自己为什么而活，就可以忍受任何一种生活。维克多·弗兰克尔所著的《活出生命的意义》一书就展示了艰难人世间的生存意义，帮助人们在磨难中倔强成长，向阳而生。其作者维克多·弗兰克尔是犹太人，一位著名的心理学家，在"二战"初期，他被纳粹关进了死亡集中营，在那里经历了常人无法想象的苦难，如同炼狱。最终，他活了下来，并写作了这本书，向世人呈现他发现的宝藏——"意义疗法"。"杀不死我的，让我更强大。"生命在任何条件下都有意义，即便在最为恶劣的情形下。愿我们善待每一项生活中的难题，尽其所能，逐渐历练成为更好的自己。认清人生的意义，纵有疾风来，人生不言弃。

疫情让我们深感时间宝贵，统筹规划，提高生活与工作效率，重构生活方式，善待每一个日子。一要注重身心健康。健康是成功

路 过

之本，好好爱自己。这次疫情让我特别重视了中医养生。中医药，是中国人民在几千年生产生活实践和疾病斗争中形成并发展的医学科学，以其独特的生命观、健康观、疾病观、防治观为中华民族繁荣昌盛做出了卓越贡献，凝结着千年来中华民族健康理念和医者仁术。二要明确坚定梦想。康德说，世界上有两件东西能震撼人们的心灵，一件是我们心中崇高的道德标准；另一件是我们头顶上灿烂的星空。在我看来，"头顶上灿烂的星空"便是高远的梦想。心中的梦想宛如黑暗中的火把，带来光明与力量。只要心中怀有热爱，再苦再累也能重燃希望和勇气。有梦想的人如同草籽，当世界给其重压时，它总会用自己的方法破土而出。三要做好合理规划。亚里士多德说，没有计划的人生不值得审视。人生没有计划，宛如航海没有罗盘。合理的规划不仅会助推梦想，而且让人感到振奋与愉悦。要想过好生活，一定要制订一个合适的计划并将其付诸实施。四要提高工作效率。时间是最宝贵的珍稀资产。在这个快节奏的世界里，许多人都感到时间不够用。时不我待，我们须提高效率，才能实现梦想。没有来日方长，只有时光匆匆，很多人和事都一去不复返，再也无法追回。珍惜时间，活在当下，今日事今日毕，不要留给未知的明天。五要精简优化生活。生活应该是理性有序的，不能消磨懒惰，不能空幻无常。我们需用爱去感知生活，滋养好习惯。人的一生要做出很多选择，但最难的是要带着选择生活下去。有些社交并非必须，对自己负责也是对他人负责。一切皆有变数，要防患于未然，独立生活能力相当重要。

　　有一张照片为"暗淡蓝点"，即茫茫宇宙中的地球。作为旅行者行星探测器计划中的主要人物，卡尔·萨根说："当你看它，会看到一个小点。那就是这里，那就是家园，那就是我们。你所爱的每个人，认识的每个人，听说过的每个人，历史上的每个人，都在它上面活过了一生。我们物种历史上的所有欢乐和痛苦，千万种言之凿凿的宗教、意识形态和经济思想，所有狩猎者和采集者，所有英雄和懦夫，所有文明的创造者和毁灭者，所有的皇帝和农夫，所有热恋中的年轻人，所有的父母、满怀希望的孩子、发明者和探索者，所有道德导师，所有腐败的政客，所有'超级明星'，所有'最高领袖'，所有圣徒和罪人——都发生在这颗悬浮在太阳光中的尘埃上。"诚然，综观宇宙的万物星辰，人不过是浩瀚空间中的渺小一员。"逝者如斯夫"，愿我们珍惜光阴，不负韶华，在回首往事时，不因虚度而悔恨。

一次疫情，代价惨重。用俄国作家陀思妥耶夫斯基的一句话表达，就是"我只害怕一件事情，那就是配不上我所受的痛苦。"鼎为炼银，炉为炼金，苦难熬炼人心。通过这场灾难，心灵在现实的鞭挞拷问中得以升华，终会得到一些触及灵魂的启发。迎难而上，不畏艰辛，必将走过黑暗，涅槃重生！

唯有坚持，才能获得最后的成功。安静，耐心，等待。终于，一些鸟儿安稳地落在地上，歇在面包屑旁，笃定地享用着它们的美餐。我看见，女儿的脸上溢满了欢快的花。原来，黑夜无论怎样悠长，白昼总会到来。

路 过

党是我心中永远的丰碑

——写在中国共产党成立 90 周年之际

今年是伟大的中国共产党成立 90 周年,新中国成立 62 周年,恰好也是"十二五"规划的开局之年。新中国建立以来,特别是改革开放以来,中国现代化建设取得了举世瞩目的成就,昏睡百年的"东方巨龙"开始腾飞。无与伦比的北京奥运会、举世瞩目的上海世博会、跃居为世界第二大经济体……近年来,这一系列重大成就和标志性事件,使国际社会对中国和中国共产党刮目相看,"红色智慧"席卷全球。在这样的辉煌时代,作为工行的一名中国共产党党员,我想发自肺腑地说一句:党是我心中永远的丰碑。

忆峥嵘岁月,我为党荣耀

一部中国共产党的历史,就是一部为中华民族的独立、解放、繁荣,为中国人民的自由、民主、幸福不懈奋斗的历史:中国共产党的创立和投身大革命的洪流、在土地革命战争中开辟农村包围城市的道路、在抗日战争烽火中发展壮大、夺取民主革命的全国胜利、中华人民共和国的成立和从新民主主义到社会主义的过渡、探索中国自己的建设社会主义的道路、十一届三中全会开辟社会主义事业发展新时期、建设有中国特色的社会主义、进入社会主义改革开放和现代化建设新阶段……

　　自力更生，艰苦奋斗是党留下的最宝贵的精神财富。在中国共产党的培养教育下，曾经涌现出了一大批可歌可泣的先进集体和英雄模范人物，培育和形成了具有特定内涵、影响巨大而深远的时代精神。譬如，体现高度爱国主义、英雄主义、乐观主义、国际主义的抗美援朝精神；"热爱祖国，无私奉献，自力更生，艰苦奋斗，大力协同，用于攀登"的"两弹一星"精神；"爱国、创业、求实、奉献"，"宁肯少活二十年，拼命也要拿下大油田"的大庆精神和铁人精神；"憎爱分明""言行一致""公而忘私""甘当螺丝钉"的雷锋精神……我从中触摸到了时代的脉搏，感受到了红色智慧的力量。

看辉煌今朝，我为党骄傲

　　"惜秦皇汉武，略输文采；唐宗宋祖，稍逊风骚。一代天骄，成吉思汗，只识弯弓射大雕。俱往矣，数风流人物，还看今朝。"

　　今天，我们党以人为本，让人民过得更幸福。温家宝总理说，我们所做的一切，都是为了让人民生活得更加幸福、更有尊严。在实践中，党致力于切实解决好民生问题：千方百计创造更多就业机会，持续提高城乡居民的收入水平，让每个劳动者各尽所能，各得其所；加快完善社会保障体系，使人民群众老有所养、病有所医、住有所居，努力解除他们的后顾之忧；大力发展教育事业，促进教育公平，提高教育质量，让每个孩子都能上学、上好学。面对汶川大地震，以胡锦涛为总书记的中共中央下令全力以赴救人，只要有一线希望，就要做百分百的努力。党领导人民以坚定的信心、非凡的勇气和坚忍不拔的意志，战胜了一个又一个困难。

今天，我们党加强执政，让发展成为硬道理。中国举办了一场无与伦比的奥运会，集体育精神、民族精神和国际主义精神于一身，在"更高、更快、更强"的奥运精神的感召下，中国军团勇夺奥运金牌总数第一！2010年在经济总量上，中国首次超过了世界经济强国日本，成为世界第二大经济体。世界惊呼中国创造出了经济发展的"中国速度"。伟大祖国的辉煌成就，极大地激发了全国人民的自信心和自豪感，极大地增强了中华民族的凝聚力，极大地提升了我国的国际地位和影响力。

展锦绣前程，我为党祈福

《共产党宣言》揭示了人类社会发展的客观规律，对人类文明进程产生了意义深远的影响。而金融是现代经济的核心。在新中国和平建设时期幸福生活着的金融党员工作者，应该胸怀远大理想，立志为推动中华民族的金融崛起而努力奋斗，在民族复兴的发展史诗中勇往直前！

"千里之行，始于足下"，立志干大事的前提是实实在在做好眼前小事。2011年3月份出版的《求是》杂志便发表了习近平总书记的重要文章《关键在于落实》。为了实现共产主义的伟大愿景，工行党员要把工行的企业文化落到实处。

"工于至诚，行以致远"的企业文化激励着我们党员为实现工商银行的恢弘愿景而不懈追求。工行历经了创业的险阻艰难，承载提供卓越金融服务的工作使命，在不懈拼搏的追求中，建立了很多荣誉丰碑，彰显大行风范。而员工是企业的主人，公司的兴亡与每一个员工的切身利益有着直接的关系。工行的事业将因员工的努力而辉煌，员工的生活将因工行的发展而精彩。因此，工行党员员工应树立这样的观念：要把在工行的本职工作当成自己的事业来做。那么，在日常的工作和生活中，就会时刻维护工行的企业形象，保护企业利益，遵守企业制度，领会企业理念，全力提升工行的品牌价值，成为ICBC合格的形象使者和优秀的品牌代言人，用心当好岗位的主人。

心在远方，路在脚下。即使要爬最高的山，一次也只能踏实地迈一步。"雄关漫道真如铁，而今迈步从头越"。我们党员员工要身体力行，力争成为党性强、业务精、品德公的中流砥柱，秉承工行人的价值宣言，为承担工商银行的庄严使命而上下求索，为把工行建设成为最盈利、最优秀、最受尊敬的国际一流现代金融企业而努力，为推动中华民族的金融崛起而努力，为共产主义而奋斗终生！

下篇

银海拾贝

路 过

价值在岗位中

——从全流程履职监督工作说起

我曾听说过这样一个故事。很久以前，一位僧人告诉阿尔·哈费德，白沙河里埋藏着真正的钻石。哈费德信以为真，不惜放弃自己的家园，动身前往未知的异域，想要寻找代表着巨大财富的钻石。他四处流浪，直至穷困潦倒地客死他乡，也没能寻见半缕宝石的光芒。而在那不久之后，有人在哈费德家的花园里发现了璀璨的钻石。这就是人类最大的钻石矿——戈尔康达钻石矿被发现的经过。这个故事告诉人们一个道理：钻石不在别处，就在你家后院。同理，只要你善于发现，价值就在你的岗位中。下面，我就自己从事的法人信贷全流程履职监督工作来谈下工作体会。

一、全流程履职监督工作的内容

法人客户信用与代理投资业务全流程履职监督，是指在银行法人客户信用与代理投资业务信贷流程各个环节中，依据现行法律法规、监管规章，或行内信贷制度办法中明确规定需要信贷人员完成，或禁止信贷人员从事的动作，对信贷人员履职情况实施的监督，目的在于增强信贷人员合规履职意识，确保各项信贷政策制度有效落地执行，减少信贷领域违规行为。结合自身工作实践，我将该项工作的内容概括为三驾马车——政策制度、系统流程、日常管理。

一是政策制度。为指导相关部门和人员信贷业务基本操作，监控信贷业务与人员履职合规风险，治理信贷领域违规行为，促进信贷政策制度有效落地，加强信贷基础与合规管理，上级行先后下发了很多全流程履职监督文件规定，其中最核心的制度是《全流程履职监督工作管理办法》，对全流程履职的职责分工、监督内容、实施细则、监督要点等都做了详细规定。该管理办法将履职行为分为六大环节——前端准备环节，尽职调查环节，审查审批环节，放款监督环节，存续期管理环节，不良处置环节。全流程履职监督工作遵循全面监督原则、后台监督与条线管控相结合原则、规定动作监督与违规行为监督相结合原则。

二是系统流程。一是使用信贷与代理投资运营支持系统（CMAS）开展全流程监督工作。我行已从 2019 年开始使用 CMAS 系统开展全流程监督工作，取消之前的作业监督月报和全流程履职监督工作开展情况季度报表，将日常监督发现问题及时录入 CMAS 系统。二是多岗位人员分工合作完成实际操作。市分行各岗位监督人员负责在履职中发现问题，再由应用人员通过 CMAS 系统下发问题，待支行被监督人员反馈信息后，二级分行审核支行答复的完整性、准确性，综合情况后导入系统，做好信息反馈闭环管理。

三是日常管理。市分行信贷与投资管理部门是全流程履职监督工作的牵头实施部门，负责相关信贷人员履职情况的监督实施、信息反馈与情况报告。一是负责辖内全流程履职监督工作的组织管理推动，及时做好各类信贷政策制度办法的宣传和培训；二是按规定要求实施相关履职动作监督工作，依据全面覆盖原则，对相应信贷

路　过

业务全流程履职情况进行监督；三是对上级行下发的全流程履职监督预警或核查信息，按规定及时进行核查和反馈；四是定期汇总报送日常履职事项，按期向上级行报送总结全流程履职监督工作开展情况，包括但不限于全流程履职监督总结报告、业务案例、工作统计表等。五是考核评价，市分行已将信贷全流程履职监督纳入支行考核评分中。

二、全流程履职监督工作的价值

1. 从宏观上讲，它是信贷风险管理的需要

格林斯潘说，"银行的基本职能是预测、承担和管理风险。"的确，业务发展是生长线，贷款质量是生命线，信贷资产质量决定银行经营的生死存亡。这就要求业务制度化，制度流程化，流程信息化。建立有效的全流程风险管理，既是银行审慎经营的前提，也是银行持续健康发展的基础，更是银行实现市值长期稳定增长的重要保证。

"如果把风险管理比作一架精密机器的话，这台机器的正常运行要靠机器内部各个齿轮的长期正常运转，而各个齿轮的长期正常运转要求机器的齿轮构成必须完整，同时各个齿轮之间必须相互契合。"全流程管理旨在建立风险管理的长效机制，既要保证风险管理基本要素的完整性，又要保证各个风险管理基本要素相互契合，整体运作协调一致。

孙建林曾提到信贷风险管理工作的"三全管理"，即：全面管理、全程管理、全员管理。其中，"全程管理"是指要全程管好每笔贷款的六个阶段，即：贷前调查、贷前审查、贷款审批、贷款发放、贷后管理、贷款回收。将传统的"贷前调查、贷时审查、贷后检

查"，进一步扩展到对贷款六个阶段的全程管理。简而言之，就是要念好"六字真经"，即调、审、批、放、管、收。"全员管理"是指银行全体人员都要有风险意识，参与对风险的管理，使无处不在、无时不有的风险得到控制。以上这个观点与我行全流程管理工作的"全人员、全产品、全流程、全覆盖"原则是契合的。因此，全流程风险管理不仅仅与某个岗位、单个产品、某个人相关，更需要多岗位、多个人的密切协调配合。

2. 从微观上讲，它有利于参与者的自我成长

一是有利于其他信管工作的开展。除了全流程管理工作外，我还做作业监督、城建准入、贷后风险监测等工作。我感觉，全流程管理与其他的信管工作是相辅相成的。全流程管理为其他信管工作提供了总体指导思路，而其他信管工作则为全流程管理贡献了基础信息来源。

二是有利于对其他学科知识的学习理解。初苏华在《放不下手的核桃（我的信贷体会）》中说："信贷经营像种树一样，树种下去，是死是活，一时是看不出来的。当年活，不算活；当年死，也不算死，要等来年甚至几年后再看。"在培育信贷之树的全流程管理过程中，参与者光是给予一种营养是不够的，经济学、会计学、管理学、法学、心理学等其他学科知识也得涉猎。例如，从报表分析企业时需要学会计学知识，与客户签订借款合同时必须对《合同法》要点心中有数，在客户违约追偿我行贷款的情形下，除了采用心理战术外，还要善于运用物权法、刑法等法律武器。

三是有利于对工作亮点的深度挖掘与思考。全流程管理工作给我提供了很多思考素材，我也借此写了一些网讯。有业务方面的，

如《荆州分行多举措推进法人信贷全流程履职监督工作》等；有感悟方面的，如《合规与守法》《信贷工作人员需怀"三心"》等；有案例方面的，如《一则督促实际控制人落实保证手续的案例》等。

三、对工作的体会

我的岗位，我负责。以下这些工作感悟，与其说是在法人信贷全流程履职监督的工作中形成的，不如说在其他所有事情中领会到的。因为贯穿所有工作的道理其实是相通的。

态度上，尽职尽责。尽职尽责是一种阳光洋溢的心态，是一种积极向上的工作态度。态度就是竞争力。如果把工作当作一件差事，敷衍了事，认为自己是在单纯地完成任务，那么即使是你最喜欢的工作，你也无法持久地保持对工作的激情；但如果将责任心投入进事业，把工作本身视为一种报酬，把眼光放在这份工作对你自身的价值上，无论遇到顺境或逆境，总能充满活力、行动准确。尽职尽责的人才能产生勤奋、敬业、责任、专注、热情等正能量。爱默生说，"有史以来，没有一件伟大的事情不是因为热情而成功的。"工作无大小，干好当下每件事。

精神上，勤勉奋斗。"艰难困苦，玉汝于成"。勤劳勇敢、不畏艰难是中华民族的传统美德。自尊自强是支撑一个人自立于事业洪流里的一种精神，一种力量。在工作中秉持自强不息、艰苦奋斗的精神，才能成就生生不息的发展。还要崇尚实干。"空谈误国，实干兴邦"。这也是中国从千百年来的历史经验教训中总结出来的一个重要结论。无论是《荀子·修身》中的"道虽迩，不行不至；事虽小，不为不成"，还是《史记》中的"为治者不在多言，顾力行何如尔"，都折射出注重实践、崇尚实干的道理。

方法上，改革创新。创新是每个个人进步的灵魂，也是一个集体兴旺发达的不竭动力。古语云："苟日新，日日新，又日新。"只有用改革的方式和发展的办法去解决前进中的问题，才能巩固工作的成果。越是在有挑战、有难度的情况下，越要进一步增强改革创新的使命感和紧迫感。面对前进道路上的困难，面对成长的烦恼，要坚定信心，砥砺勇气，不为任何风险所惧，不被任何干扰所惑，坚持不懈把改革创新精神贯彻到工作各个环节，不断进行新的探索和创新，为事业注入强大动力。

"安不忘危，存不忘亡"。在银行风险管理中，风险止于流程，细节决定成败。雄关漫道真如铁，我们当自强不息、继续前进。和繁重的工作一起修行，珍惜工作中的一切磨砺，挖掘职场幸福感，和平喜乐地成就事业，在自己的岗位工作中找到闪光的价值。

路 过

信贷工作人员需怀"三心"

根据"不忘初心、牢记使命"主题教育专项整治的活动安排，总行组织召开了信贷领域合规案防及突出风险专项整治工作专题会议。会议分析了当前信贷领域合规案防情况，通报了近期信贷领域案件及风险事件，开展了信贷领域案件风险警示教育培训。参会后，我对信贷合规风险、知法守法意识有了进一步的体会，认识到信贷工作人员需怀"三心"。

一是责任心。这主要指对岗位的责任。在实际履职中，"严"字当头，聚焦关键环节，抓实工作落地。严防欺诈，严格审查外部造假等虚构贸易背景；严守底线，正确行使行政职权及具体岗位职责；严把思想，不能因存在疏忽、盲目轻信或主观恶意而成为犯罪分子的围猎对象，清醒头脑，对业务合理性随时保持质疑，防范道德风险；严控细节，加强真实性核查，从蛛丝马迹中找到造假痕迹，例如核实购销合同的交易事项与营业执照经营范围是否一致、三方协议的约定是否合理等。从贷前调查到作业监督，各环节均需落实责任，不能以形式合规代替实质风险。对待工作岗位的责任心是其他方面的基础与根本。

二是敬畏心。这主要指对法律的敬畏。信贷人员需学习理解我国《刑法》中的骗取贷款罪、违法发放贷款罪、贷款诈骗罪、国有公司人员失职罪、挪用资金罪、职务侵占罪等，防范违法犯罪行为发生；按照《商业银行法》的规定进行商业银行贷款，对借款人的借款用途、偿还能力、还款方式等情况进行严格审查；按照《合同法》审查各类合同瑕疵，如合同主体、生效日期、必备要件等；按照《公司法》审慎判断公司合并的合理性、总公司与分公司的关系、清算组的职权等；按照《物权法》检验担保的合法性；按照《民法》、诉讼法合法履行委托手续、诉讼程序等；根据国际经济法来识别国际贸易合同、国际信用证等规则。遵守法律与信贷人员的职业生涯息息相关。

三是谦卑心。这主要指对规定的谦卑。信贷人员要保持对规定的敬重，认真学习，谨慎履责。一方面，要加强对相关规定的学习，如征信报告、行业信贷政策及行业标识、过度融资与潜在风险、项目资本金、财务报表及审计报告、存续期管理等规章政策，学习规定是为了提升技术审查水平，不丧失独立判断能力，不越底线、红线。另一方面，要在全流程各环节都严格履职，严防操作风险。加强信贷资金支付管理，落实项目资本金，根据项目建设进度提款，按照审批书要求办理信贷业务，依据我行内部规定落实保证金与抵质押措施，实行公司客户贷后管理"九查"，加强逾期贷款处置，积极催收，严控损失。

路 过

念好信贷作业监督的"四字经"

在信贷作业监督岗位上经历了一段时间，我能感觉到责任与合作、专业与博学、合规与效率等词汇的矛盾与统一。孰优孰劣，完全在于当下的选择。有人说，作业监督人的素质在一定程度上决定了信贷资产的质量，这不无道理。在我看来，要做好信贷作业监督岗位的主人，必须得念好"四字经"。

一是"德"，即品行端正，责任优先。意大利诗人但丁说："一个知识不全的人可以用道德来弥补，而一个道德不全的人却很难用知识去弥补。"责任心是职业道德的核心，是每一个身在职场的人的第一素质。信贷作业监督人员应增强责任意识，本着对我行债权、抵（质）押权高度负责的态度，对担保与前提条件是否全面落实、借款合同与担保合同是否合法有效、要件类和权证类档案是否完整合规等重要事项进行严格审核。

二是"勤"，即勤勉敬业，注重效率。勤奋与敬业是相互依存的，尽职尽责的精神会让人忘我工作。勤勉敬业的人精力充沛，主动创新，注重效率，对公司、团体和本职工作尽心尽力。信贷作业监督是有时效要求的，比如，核准放款要求在收到纸质档案之日起2个工作日内完成。面对蓬勃发展的信贷业务，在确保全面合规的前提下提高效率的主要途径便是勤勉敬业地工作。

三是"能",即依法合规,熟悉业务。遵循合规文化是工行人的行为准则之一。信贷作业监督人员应当切实承担与其工作岗位相对应的合规管理职责,自觉遵守和严格执行各项规则和准则,熟悉各项信贷政策、制度,掌握各类信贷业务品种风险特征,了解相关法律知识,及时更新业务知识体系,根据监督要点做好对放款前资料、放款资料以及后续档案资料的风险管理。

四是"绩",即善于思考,做出成绩。思考是创新的基础,而创新是发展的动力,要学会用积极的思维方法去营造智慧的人生。在作业监督岗位上,每天重复性地完成工作并不是目的,而是要以监督为杠杆,对工作中发现的问题进行深入分析,对经办行或相关部门提出加强或改进管理的建议。当制度与实践矛盾时,当发现典型案例时,当新情况新问题涌现时,就需要我们认真思考,提出解决问题的办法。

路过

科技改变工作

随着智能化的推广，我体会到科技的发展为工作带来了越来越多的便利。

核实购房合同备案登记更加简单。以前核验购房合同备案登记，需查验房产机构盖章或到现场核实，现在用扫描二维码的方法即可获得相关信息。用手机扫描商品房买卖合同右上方的二维码，会弹出合同编号、房屋卖方、房屋买方、房屋坐落地址、房屋建筑面积、成交总价、备案时间等购房合同备案登记信息。

接收与处理信贷档案更加方便。"工银e个贷"公众号为个贷客户经理、中后台业务处理人员提供业务处理功能。在"工银融e联"APP中，关注"工银e个贷"公众号，可进行资料接收、资料处理、资料跟踪查询等操作。

查询不动产登记办理情况更加快捷。识别二维码关注荆州市不动产登记交易中心微信公众号，可实时查询登记发证进度。扫描不动产登记受理回执单、不动产登记证明等书面文件上的二维码，可以查到不动产证号等信息。

验证借款合同内容更加直观。工行手机银行、融e联"工银用印信息验证"可验证合同内容。打开工行手机银行、融e联中的"用印信息验证"功能,输入业务印章中的业务验证码、合同流水号等,可查到合同经办机构、发起人、合同用印机构、合同签署状态等信息,并可阅览个人购房借款担保合同签署页全部内容。

  此外,学习、办公也可移动进行。下载"工银e办公"APP,可随时阅读、处理邮件,进行信息核实、考核评分、案防建议等工作。在手机中进入"工银大学",可以随时享受海量学习信息,大大提高了学习、工作效率。

路　过

提供卓越金融服务之我见

作为一名现代职业女性，我相信工作和家庭不再是单选题，家庭和睦是事业成功的动力源泉，而勤奋工作则是家庭幸福的重要保障。为了实现自己的人生价值，就要积极面对各种角色的改变，坚持做个有梦想的女人。我是一名工商银行的员工，我的工作梦想便是为社会提供卓越金融服务。"提供卓越金融服务"是中国工商银行的使命，也是我们全部行为的出发点和落脚点。这使命既是回报股东、成就员工的重要基础，也是服务客户、奉献社会的有效途径。在我看来，提供卓越金融服务主要通过三种方法来实现。

储备知识，巩固金融服务基础

培根说，"知识就是力量。"为巩固金融服务基础，不断储备知识就是一门人人皆知的必修课。学习需要革命，处于知识经济时代的金融工作者，必须学会学习。在几年的工作实践中，我觉得积累知识要全面、专业，并要及时更新。

全面。在金融系统中工作，需要吸取的知识首先应是全面的。因为没有广博的知识面作基础，专项业务学习就无法深入，达不到精深的目的。例如，经济学、财政、货币与金融、统计、会计、法律等知识都有利于金融实践工作的开展，并且，熟知宏观经济政策和监管要求也是很有用的。如果想掌握世界尖端的金融技术，成为诸如 CFA、FRM 之类的高级人才，学习英语和数学又迫在眉睫。

专业。熟练掌握岗位知识无疑拥有了一项强大武器。真正精通一项业务知识，常常使人能够很快掌握相近或相关学科知识。做一个了解产品和服务的专业金融人，既是对企业负责，也是对客户负责。比如，一名公司客户经理应该对流动资金贷款业务、贸易融资业务、项目贷款业务、房地产贷款业务了如指掌；而个人客户经理则要对个人住房贷款、个人消费贷款、个人经营贷款等业务如数家珍。

新鲜。由于知识的不断更迭，学习并不是一劳永逸的。昨天的新知识在今天也许就成了过时的甚至是错误的理论。如 2010 年出台的《第三版巴塞尔协议》（BaselIII）与 2004 年新巴塞尔资本协议（BaselⅡ）相比，就作了不少的改革——调整资本有关要求、引入杠杆比率要求、尝试建立流动性监管国际标准等。如果对风险知识的学习只停留在 BaselⅠ或 BaselⅡ上，就显然不能理解诸如"三级资本要求"等新鲜概念。

追求效率，提升金融服务水平

财富是时间与行动结合的成果。在竞争日趋激烈的金融领域，谁能成为追求效率的赢家，谁就掌握了制胜的主动权。

把工作当乐趣。路德说："由于爱，我们便成为自由的、喜乐的、全能的、活泼的工作者，一切困难的战胜者。"只有把幸福和快乐融进伟大事业的人，快乐和幸福就犹如一滴水溶进大海，永远不会消失。爱上本职工作，无疑是提升效率的首要法则。

珍惜工作时间。时间就是生命。时间属于刻苦磨炼、永远进取的人，属于有坚强毅力、不畏牺牲的人，更属于有深刻时间观念的人。在工作期间内，要充分利用黄金时间，珍惜手边的每分每秒，停止做琐碎无用的事。

改进工作方法。提升效率的途径有很多，如确定先后顺序，首先排出事件的轻重缓急，再依此顺序进行工作；再如细分长期目标，将大目标在能力范围内划分，一点一滴地完成。当然，方法是因人而异的，适合自己的规律才是最好的，关键取决于在日常积累中不断改进。

进行创新，打造金融服务品质

法国著名生物学家法布尔发现了一种很有趣的虫子，他称之为"跟随者"，这种虫子有一个很有趣的习惯，它们外出觅食或者玩耍，都会跟随在另一只同类的后面，从来不另寻出路。法布尔做了一个实验，他捉了许多这种虫子，把它们一只只首尾相连放在一个花盆周围，在不远处放置了一些这种虫子很爱吃的食物。一小时后，法布尔发现虫子一只只不知疲倦地围绕着花盆转圈。一天后，虫子们仍然在一只紧接一只地围绕着花盆疲于奔命，没有一只离开队伍，找到食物。七天后，所有的虫子首尾相连地饿死在了花盆周围。这则小故事提醒我们：大胆创新，切忌盲从！

在踏上新岗位时，年轻人肯定会得到前辈的言传身教。对师傅们传授的老方法是全盘接受，还是有所改进？这是一个不得不作出的选择。因循守旧固然不会犯大错，但是对企业的长久发展是极为不利的。我认为，创新思维清晰地说明了三点：第一，彻底地弄懂了问题。全面理解事项是进行创新的基础，知其然，才能知其所以然。第二，发扬了与时俱进精神。今时非彼日，以前的工作程序和方法并不能解决现在的状况。第三，展现了自身的独特性。每个人都有自己独特的个性和追求，适合别人的不一定适合自己。

　　在实践工作中，选择创新的人一定会在开始之前问自己：为什么要做这件事？我的目标在哪儿？我该采取什么措施？就像洛克菲勒所说，如果你想成功，你应辟出新路，而不要沿着过去成功的老路走。

　　"提供卓越金融服务"不仅是我们今天的选择，而且是我们永恒的使命。让我们一起打造睿智、高效、求新的团队，为完成工商银行的庄严使命而不断努力！

路 过

志存高远　脚踏实地　在实践工作中锻炼成长

——读《中国工商银行企业文化手册》后感

文化的力量是巨大的。哈佛图书馆有这样一句训言："谁也不能随随便便成功，它来自彻底的自我管理和毅力。"这种典型的自我志向文化引领着一代代哈佛人成为社会各界的精英。而"工于至诚，行以致远"是工行在长期发展中积淀形成的价值观，是全体工行人团结奋斗的思想基础。作为工行的一名青年员工，我深感自己有责任深刻理解我们的企业文化，规范自己、激励自己、提升自己，争取成为先进文化的践行者、传播者和创造者。通过认真学习企业文化，我从中领悟到三个层次的含义。

一、加强修养　提升自我

诚信是一种宝贵的品质，"诚"是到达"远"的基础和前提。"工于至诚，行以致远"给我们提供了更明晰的成长路线和更广阔的发展空间，让我们在漫漫求索的职业生涯中明确了方向。

1. 拥有诚恳友爱的心境。君子怀德，百福自集。诚是人类的美德，是高尚品质的核心，是个人事业成功的基石。爱是一切行动的力量和根源，是创造快乐和奇迹的源泉，也是一个人产生使命和责任的动力。诚恳友爱，让生命更有意义。如果拥有积极的心态，周围的所有问题都会迎刃而解。

2. 具备勤奋自律的精神。天道酬勤,一分耕耘,一分收获。伟大的发明家爱迪生说过,天才不过是百分之一的灵感加上百分之九十九的汗水而已。天不助懒人。在追求成功的道路上,除了勤奋,是没有什么捷径可以走的。今天的成就源于昨天的努力,而今天的努力会化作明天的硕果。联合国教科文组织对未来的文盲做出了新定义:明天的文盲是不会主动寻求新知识的人。所以,生命不息,学习不止。

3. 增强管理时间的能力。大多数人是在别人浪费掉的时间里取得成就的。鲁迅先生说过,"哪里有天才,我是把别人喝咖啡的工夫都用在工作上。"珍惜时间就是节约成本。宁抢今天一秒,不等明天一分。你游戏时间,它却对你很认真。一万年太久,只争朝夕。时不我待,不要拖延,立刻行动。否则,"年与时驰,意与日去,遂成枯落,多不接世,悲守穷庐,将复何及!"

二、脚踏实地　服务集体

务实是一切成功的保证,"实"是连接"诚"与"远"的桥梁。"工于至诚,行以致远"指导我们为实现工商银行的恢弘愿景而不懈追求,让我们在百舸争流的金融大潮中傲立潮头。

1. 顾全大局,培育集体荣誉感。工行历经了创业的险阻艰难,承载提供卓越金融服务的工作使命,在不懈拼搏的追求中,建立了很多荣誉丰碑,彰显大行风范。共同的价值观使工行人荣辱与共,让工行人命运相连。工行的事业将因我们的努力而辉煌,我们的生活将因工行的发展而精彩。

2. 忠于职守,强化工作责任心。工作就意味着责任。每一个人都应该有这样的信心——人所能负的责任,我必能负;人所不能负的责任,我亦能负。如此,才能磨炼自己,求得更高的知识而进入更高的境界。在日常的工作和生活中,我们必须时刻维护工行的企业形象,保护企业利益,遵守企业制度,领会企业理念,全力提升工行的品牌价值,成为 ICBC 合格的形象使者和优秀的品牌代言人。

3. 乐学钻研,做好岗位的主人。干一行,爱一行,精一行,这就是敬业。敬业是一种职业态度,也是职业道德的崇高表现。一个人应把做好分内的工作当成一种习惯。工作无大小,干好当下每件事情。

简单的事情做好就不简单,平凡的工作做好就不平凡。专注,聚焦,即使只做一件事情,也要把它做到极致。

三、志存高远　回报社会

致远是一种超然的境界,"远"是实践"诚"的结果与目的。"工于至诚,行以致远"激励我们为推动中华民族的金融崛起而努力奋斗,在民族复兴的发展史诗中勇往直前!

人之所以伟大,是因为志向而伟大。司马迁有"通古今之变,成一家之言"的志向,在艰苦卓绝中完成了我国古代纪传体史书的开山之作《史记》。少年周恩来曾立下"为中华之崛起而读书"的伟大理想并用毕生的精力去实现这一理想,成为一代伟人。穆罕默德·尤努斯怀着"让人们有更好的经济生活"梦想,创建了格莱珉银行,自下层为建立经济和社会发展不懈努力,并获得 2006 年度诺贝尔和平奖。

"金融很重要,是现代经济的核心。金融搞好了,一着棋活,全盘皆活。"邓小平同志的话,精辟地点明了金融的地位。中国金融业在新中国成立的欢呼中开启新纪元,在改革开放的春风里实现历史性飞跃,正有力支持经济社会发展,有效满足百姓金融需求。随着经济全球化深入发展和国际化进程的加快,金融日益广泛地影响着我国经济社会生活的各个方面,也与人民群众切身利益息息相关。在新中国和平建设时期幸福生活着的青年金融工作者,应该胸怀远大理想,为了民族的金融事业而奋斗终生!那样,当回首往事的时候,就不会因虚度年华而悔恨,也不会因碌碌无为而羞耻。

四、结语

工行文化植根于中华文化的沃土,成长于工行经营管理的长期实践,凝结自全体工行人的思想和智慧。它是品格和信念,也是境界和追求。学习工行文化对我而言就是一场自我反省与修正。

秉承诚信品质,追求致远境界。只有每一位员工身体力行,不断地践行"工于至诚,行以致远",秉承工行的核心价值理念,才能超越自我、持续提升,工行的企业文化才能落地深植,茁壮成长,最终成为引领金融业发展的标杆,屹立于世界金融之巅。

心在远方,路在脚下。即使要爬最高的山,一次也只能踏实地迈一步。"雄关漫道真如铁,而今迈步从头越"。我们要秉承工行人的价值宣言,为承担工商银行的庄严使命而上下求索,为把工行建设最盈利、最优秀、最受尊敬的国际一流现代金融企业而努力,为推动中华民族的金融崛起而奋斗!

路　过

一个不同寻常的春节

钱淑琴，湖北荆州分行信贷与投资管理部员工。她的丈夫夏世国和女儿曾玉洁都在荆州市疾病预防控制中心工作。

农历春节前夕，一种新型冠状病毒从武汉开始在全国疯狂肆虐。作为人民健康捍卫者，荆州市疾病预防控制中心无疑地处抗击疫情前沿阵地。再大的困难都挡不住疾控人保卫健康的决心！夏世国和曾玉洁父女俩与同事们一起坚守岗位，辛劳投入到流行病调查、实验室检测、消杀处置等工作中，直面抗击疫情的一线。

于是，钱淑琴过团圆祥和年的美梦被这场新型冠状病毒肺炎疫情彻底打破了。丈夫与女儿每天不分昼夜地工作，留下钱淑琴一个人独自在家里过年。

三支架撑起天

夏世国是荆州市疾控中心传染病预防控制所所长。对于在疾病控制战线摸爬滚打 38 年的他来说，疫情防控，重大应急，可谓是久经沙场！在 98 抗洪、2003 年抗击非典、2008 年汶川发生地震、2009 年甲型 H1N1 流感、2015 年"东方之星"号客轮翻沉事件、创建国家卫生城市、防控出血热等重大公共卫生事件和突发疫情中，他都冲锋在一线。

面对本次新型冠状病毒感染的肺炎疫情，夏世国仍秉承一位优秀共产党员的崇高追究和坚强意志，勇挑重担，不惧险境，把个人安危抛在脑后。1月20日（农历腊月二十六），夏世国这位在疾病控制战线与病魔博弈多时的"老将"，加班时突发心梗，躺在了市二医的手术台上。经过两个小时紧张手术，三个支架顺利置入冠状动脉，他才得以"满血复活"。面对愈演愈烈的新型冠状病毒肺炎疫情，夏世国再也无法在医院安心养病。农历腊月二十九，仍在医院住院的他顾不上亲友的劝阻，执意出院，参加市疾控中心疫情防控紧急会议，立马投入紧张的抗疫战！

夏世国由三个支架撑起一片天，用生命在阻击疫情的战场树起一面感召前行、永不倒下的旗帜。

巾帼不让须眉

曾玉洁是一位"90后"女孩儿，但巾帼不让须眉，年轻的她在抗击疫情的第一线无私地奉献自己的光和热。

从1月中旬至今，曾玉洁一直被"软禁"在实验室，跟随着由多名疾控工作者组成的团队，默默做检测等工作。只有换班，没有下班，进餐便是休息，分析就是喘息！方便面成为庚子年春节的家常便饭。

一套防护服一穿至少是四个小时，她的脸每天都被护目镜压出深深的痕迹。为节省防护服，她不敢多进食，不敢多喝水，以减少上卫生间的次数。长期弥漫在空气中的消毒剂，在杀灭病毒的同时，也无时无刻不在侵蚀着她的呼吸道。难以换下的手套虽然阻隔了病毒，但也积攒下汗水，她的手被泡得惨白，又浮肿又裂口。但这位女孩儿从不叫苦喊累，始终如一、认真积极地做好各项工作。

全力做好后勤

面对家中这一老一小没日没夜地辛苦工作，钱淑琴既心疼又担忧。但作为一名共产党员，她的耳畔响起习近平总书记的重要指示，"基层党组织和广大党员要发挥战斗堡垒作用和先锋模范作用，广泛动员群众、组织群众、凝聚群众。"既然他们父女俩在前线战斗，钱淑琴就立志当好一个"后勤兵"，让家人安心工作，没有后顾之忧。

一方面，钱淑琴为他们做好生活上的照顾。她主动承担起家中做饭、洗衣、清扫等所有家务活。精准完成一系列规定动作：在他俩出门前送上口罩，进门后取下口罩放专用袋，为他们喷酒精消毒，递上洗手液让他们洗手……另一方面，钱淑琴也给他们提供精神上的支持。她会叮嘱他们，保护自己，注意身体，按时服药等；也会鼓励他们，人民群众生命安全和身体健康是第一位的，疫情防控是当前最重要的工作。你们要有信心，坚持下去，一定会打赢这场疫情防控狙击战！

家人在前方抗战，她在后方支援。可以说，功勋章上既有这对疾控父女兵的功劳，也有这位工行家属的功劳。在这场没有硝烟的战争中，他们都用信念在坚守。

对于钱淑琴来说，这个春节是孤独的，但她又是骄傲与自豪的。因为在这个不寻常的春节，她家庭的三位共产党员都牢记并践行着共产党人的初心与使命，为人民谋幸福，为民族谋复兴。

下篇　银海拾贝

沉甸甸的收款凭证

2021年2月2日，有份"个人贷款逾期归还""个人贷款提前归还"凭证打破了中国工商银行荆州分行清收团队的宁静。这是该行系统单笔最大金额个人不良贷款本息397万元的还款凭证。大家欢呼雀跃，热泪盈眶。自此，针对该笔不良贷款的历经1年多的艰苦清收工作，圆满地画上了句号。

事情要从2014年说起。2014年4月，中国工商银行荆州分行依约向夏某发放了408万元的个人一手房贷款，贷款期限为30年，用途为购买别墅。客户夏某自2019年8月开始未按约定履行还款义务。2019年10月，自该笔贷款形成不良以来，荆州分行成立了以市分行分管行长牵头，信贷与投资管理部、支行分管行长及部分信贷客户经理为主力的清收团队。该行于2020年7月向夏某提出贷款提前到期，要求其立即清偿全部贷款本息，但夏某一直未履行债务清偿责任。因此，荆州分行向沙市区人民法院诉夏某金融借款合同纠纷。法院受理后依法适用简易程序审理，于2020年9月18日制作民事调解书，达成夏某偿还工行借款本金及利息的调解协议。调解书生效后，夏某仍不履行调解协议义务。于是，2021年1月15日，该行持调解书向沙市区人民法院申请执行，请求夏某支付借款本金、利息、

路　过

罚息、复利等。2021年2月1日，荆州市沙市区人民法院依据法律程序作为扣账人，工行荆州分行作为收款人，通过网上银行扣款399万元作为案款支付。

从上述事迹中，我看到了荆州分行清收团队的自信、激情与责任，他们凭借创造意识和科学思维不断进取，顽强奋斗，取得成果。

他们有拼搏精神。一个团队的收款成绩并不一定取决于某一次的行动，更多的时候取决于在清收过程中比其他人多坚持一下。锲而不舍是成功的关键，催账工作越到紧急关头，越要能沉得住气，越要坚持不懈，不到最后一秒不罢休，最终必能获得成功。这一年多来，不管风吹雨打，清收人员几乎每天往返于单位与法院之间，与法院审判人员沟通该案的调解细节。但凡陷入催账绝境，他们都相信"否极泰来"，顽强地坚持下去，千方百计重新找到出路。

他们善于想办法。《孙子兵法》说："故上兵伐谋，其次伐交，其次伐兵，其下攻城。"该行清收人员在本次催收过程中也想尽了办法。在对客户采取多次电话催收、上门清收、寄送催收函等方式无果后，他们背书一战，外聘律师团队，借助法律武器来捍卫自身债权，以诉促收，积极展开法律诉讼清收工作。他们建立序时进度台账，定期召开风险化解会议，针对新情况制定新思路和新方法。

他们持创新思维。要收回账款，就要抛开以往的思路，改掉被动的思维方式，走出一条"模仿+奇招"的创新之路。创新往往源于挫折，创新的催账思维，常常借助于危机的推动。为确保处置回收价值最大化，该清收团队利用抖音平台获客多、传播快的优势，在网上发布抵押物拍卖信息，滚动播出"楚天佳园别墅亏本120万，坐等割韭菜"的字样，吸引众多买家参与拍卖，最终以580万元的价格成功拍卖,房屋价款由我行优先受偿,归还不良贷款本息。

对于信贷人员来讲,营销难,收款更难。难怪有人形容:"能卖东西的是徒弟,收回款的才是师傅。"工行清收人一直在奋战的路上。他们爱岗敬业、忠于职守。责任感和公司荣誉就像一团火,驱策他们不断向前冲刺,绝不轻言罢手。正如该行信贷部一名参与清收的工作人员所说,"选择了收款的工作,就要忠于它,热爱与专注是成功的先决条件。"他们也有强者心态,有坚韧的精神。而真正的生命力恰恰体现在那些汗流浃背、激流勇进的人身上,生命的强度也蕴藏在那不断突破阻力、逾越障碍的运动过程之中。他们凭借坚定的信心、意志等内在驱动,面对并克服巨大的阻碍,在整个清收进程中不断激发出顽强的能量。

"天行健,君子以自强不息"。这份沉甸甸的收款凭证来之不易,饱含了荆州分行清收人的辛劳与心血。

路　过

用信贷连接孤岛[①]

小说《岛上书店》的封面上有句特别的话："没有谁是一座孤岛。"在这场抗击新型肺炎的战役中，如果把众多抗疫企业比作一个个孤岛，那么，有一种力量将每一个个体连接在一起，组成强不可摧的真实世界。这种力量是什么？是金融信贷，是银行向众多社会实体注入的一股股资金活水。"金融活，经济活。"在新冠肺炎疫情防控的关键阶段，统筹做好疫情防控和经济社会发展工作成为当前的重中之重。近期，工商银行积极贯彻落实党中央、国务院决策部署，在全国范围内启动了旨在促进经济社会发展的"春润行动"，用金融活水"贷"动企业复工复产，切实履行国有大行的社会责任与担当。金融连接彼此孤单，信贷成就企业力量。在当今经济生活中，有一群工行信贷人就用专业担当着这种连接的使命。

强信心，支持防疫生产。让信念守护思想，才能拥有清醒的头脑、强大的意志与坚定的人生。当我们展望未来之时，必先看到本质性日光的真正光亮，进而感受到脚下大地的震撼。工商银行以夺取疫情防控胜利为信念，多方位支持防疫生产，解决企业燃眉之急，为国家打赢疫情防控战做出积极贡献。山西朔州分行向绿源粮油有

[①] 本文发表于 2020 年 11 月《中国金融家》。

限公司投放抗疫贷 300 万元，并以较低的利率全面满足企业复工复产资金需要，减轻企业融资成本；针对湖北武汉等多地出现口罩等医护用品"脱销"现象，北京分行为中棉集团高效发放 1 亿元网络融资贷款，筛选优质合格棉花原料，最大限度为稳健医疗等医护用品生产企业提供高质量、低成本原料供应；北京经济技术开发区支行开辟绿色通道为区内客户购付汇 15 万美元用于境外采购万余套防护服捐赠武汉金银潭医院；萧山分行成功向区内某疫情防控重点企业发放线下信用贷 800 万元，截至目前，该企业防护服日产量约为 15000 件，紧急生产的非医用防护服已送到社区等普通防疫人员手中；湖北潜江支行为抗疫重点企业湖北福好医疗用品有限公司发放 800 万元流贷、为抗疫重点医院潜江中医院发放 1000 万元流贷……这些信贷资金恰似一场场"及时雨"，为社会抗疫物资生产线提供了有力的帮助。

铆干劲，助推实体经济。工商银行以经济发展为己任，不断向实体经济注入金融活水。一是力推普惠贷款。疫情发生以来，青岛胶州支行联合胶州市政府、金融办等部门，参加复工企业金企对接会，向广大复工企业送政策、送服务，根据企业需求积极上门送服务，不断扩大优惠政策的惠及面，持续加大对疫情防控和中小微企业复工复产的金融支持力度，已为 32 家小微企业累计发放 4503 万元普惠贷款，行业涉及医药保健、制造业、零售批发等各行各业。二是畅通金融服务。四川攀枝花分行用好线上渠道做好"融资员"，主动了解当地防疫企业资金需求，对部分受疫情影响严重，短期还本付息困难的企业提供展期、续贷、新增贷款等金融支持，为企业雪中送炭，共度艰难。三是提供融资方案。工行宁波江东支行公司信

路　过

贷等多团队人员上门走访一省级抗疫重点企业，整合经营快贷白名单、票据贴现、票据池、到账伴侣定制版等优势产品，从财务成本管理和经营效能提升的角度，及时送去以抗疫贷为主题的综合融资服务方案，为该企业的防疫物资生产送去了有力保障，消除其后续生产经营之忧，得到了企业的高度认同。

勤滋润，守护社会民生。百姓餐桌，民生大事，工行携手企业为百姓装满"米袋子"，配齐"菜篮子"。在守护社会民生方面，工行信贷人有一种"此世"的超越精神，即"立足于此世，不幻想和渴望彼岸，但又超越于世俗的权名，淡泊于人间的功利"。有人关注生活必需品。青岛市某零售集团是青岛市防疫保民生重点企业，承担着青岛市民米面粮油及日常生活用品供给重任，疫情期间存在阶段性资金周转困难。青岛台东支行根据该企业用款计划以优惠利率向其发放1亿元贷款，全力保障企业在保障生活必需品供应各环节的资金周转需求。有人护航猪肉供应。为及时响应生猪相关企业融资需求，保障猪肉市场供应，重庆分行公司金融业务部邹强迎难而上，克服缺少信贷抵押品、养殖户户数多且分散、疫情期间银行尽职调查难度较大等诸多困难，最终制定疫情期间应急预案，为重点企业新增贷款，为生猪养殖企业复工复产获得融资支持保驾护航。还有人支持春耕备耕。宁波宁兴涌优饲料有限公司为疫情期"宁波市涉农重点保供名单"内企业，宁波分行为该涉农企业复工复产放款1000万元，为全市春耕备耕提供有力的金融支持。

亚里士多德认为，"德性"是引导快乐的一个重要因素。过德性的生活，与他人一起分享这个世界，才能获得强烈而持久的快乐。同时，尼采在《查拉图斯特拉如是说》中说，他最喜爱的生命形态不是狂风骤雨,不是万丈深渊,而是肥皂泡,是蝴蝶。蝴蝶就是"转化"和"变型"的大师,它从一个重束缚的蛹里面挣脱出来,展现出最为美丽的梦境一般的形象,这实际上更为接近尼采最核心的精神——勇气。生命是一场战争,其本身拥有强大的内在力量去激发行动的意志,关键在于人们如何承受它。唯有秉持"德"与"勇",才能在实践中不断前行。现实中,这群工行信贷人凭良知的召唤,善于分享,勇于担当,拥抱新生。"人应该按照本性生活,人的灵魂应该与万物的灵魂同奏。"在这场疫情抗击战中,没有谁是一座孤岛,正如工行人用信贷连接起抗疫复工企业的希望。

路 过

危难时刻的坚守[1]

加缪在《鼠疫》中说,"的确,天灾人祸是常见之事,不过,当灾难临头之际,世人还很难相信。人世间流行过多少次瘟疫,不下于战争。然而,无论闹瘟疫还是爆发战争,总是出乎人的意料,猝不及防。"疫情就是命令,现场就是战场。这次全民抗击新型冠状病毒肺炎疫情就是一场看不见硝烟的战争。所幸,在纷乱中总会出现琐碎而又感人的温暖。困难是礁石,海水敢于进击才激起美丽的浪花。在疫情蔓延中,有一群工行人坚守自己平凡的岗位,勤勉尽职,无私奉献。

坚守,做好安全运营。1月28日上午,工行河北衡水分行报警监控中心的张建皋得知当地出现确诊病例,不顾刚刚值完班的劳累,拿起外套又准备赶往单位。"关键时刻咱自己得顶上去!"这是张建皋常常挂在嘴边的一句话。作为全省保卫专业条线上的技术能手和险情排除专家,他无数次跑遍市县区网点,总行程超过1万公里。这位网点安保系统的"流动专家",顾不上自身患有的严重强直性脊柱炎,如今又义无反顾地坚守在抗疫的第一线。

迅速,做好科技保障。时间就是生命,提前一分钟完成工作,

---

[1] 本文的修改版发表于2020年2月7日《金融时报》。

就能提前一分钟遏制疫情蔓延。他们守望相助，和时间赛跑。为全力支持防疫救灾工作，工行软件开发中心技术骨干人员放弃假日，火速返回工作岗位加班加点，尽全力做好疫情期间的科技保障工作，为疫区金融服务建立绿色通道。1月24日，他们紧急为鄂州市红十字会办理了单位二维码收款码，方便接受社会各界捐款。1月27-28日，为快速实现企业网银转账汇款，他们火速启动设计开发测试验证等工作，积极配合分行和客户加急处理转账款项，确保资金迅速到账。

高效，做好金融服务。1月25日，工行四川分行向首批四川援助湖北医疗救援队138名队员，免费提供80万元保额的意外伤害保险及定期寿险保障。同时，积极对接卫建委及保险公司继续做好第二批医疗队队员保险保障方案。与此同时，工行成都分行在全辖了解相关医疗机构及生产企业，为华西医院提供防护头罩及口罩超千套。工行四川眉山分行在得知某医用口罩生产企业急需资金以扩大生产后，紧急为企业办理了新增信用贷款，支持企业加大防疫物资生产供应。

透过以上真实事迹，我看到了工行团队的爱民赤子心、拳拳报国心，以及诚挚地做好本职工作的决心。艰难的时刻需要坚强的意志。若有战，召必回，战必胜！

我想到了长篇小说《鼠疫》中的一场对话，讨论了人们在灾难面前的正确行为。

"然而，我还是应该告诉您：这一切与英雄主义无关，而是诚挚的问题。这种理念也许会惹人发笑，但是同鼠疫做斗争，唯一的方式就是诚挚。"

"诚挚是指什么呢?"朗贝尔问道,表情也忽然变严肃了。

"我不知道诚挚通常指什么。但是就我的情况而言,我知道诚挚就是做好本职工作。"

的确,与疫情斗争的最好方式是诚挚,即尽全力做好本职工作。心理学研究表明,人类在遇到重大的灾害性事件时,通常会出现不安、恐惧、惊慌等负性情绪反应,产生退缩和逃避等行为。在全城灰暗的境地,所谓英雄就是每一个微不足道,但坚守着正直与善良生活的人。在非常时期,把简单的事情做好就是不简单,在平凡的岗位尽职就是不平凡。这些在困难中仍然忠于职守、尽职尽责的工行人就是不凡的英雄,于点滴行动中捕获到信念与勇气。他们在疫情中决不倦怠,义无反顾,不计报酬,奔赴一线作出他们应有的贡献,在自己的岗位上尽职尽责,为社会的前行提供了坚实的力量。

患难可以试验一个人的品格,非常的境遇方可以显出非常的气节。每一次苦难定会让人们更加团结。人心强大起来,抗疫更有力量。在与新型冠状病毒感染的肺炎疫情斗争中,祖国遍地都有像工行人那样恪尽职守、追求卓越的人,他们牢记使命,奋勇担当,诚挚地尽职,默默地奉献,一起奏响了一曲雄浑的抗战交响乐。"寒随一夜去,春逐五更来"。前路浩荡,万事可期。我们万众一心,众志成城,不论道途多么险长,定会取得胜利!

学会珍惜

——读《树立正确观念 保障职业安全》后感

最近,我阅读了湖北省人民检察院副检察长龚举文题为《树立正确观念 保障职业安全》的报告。报告生动地宣讲了廉政文化,用事实说话,以情感动人,引经据典,发人深省。读后,我最大的感受就是四个字——学会珍惜。

珍惜名誉。莲,因洁而尊;人,因廉而正。正如副检察长龚举文说,"每一个人都要尊重自己的人格,珍惜自己的名誉"。自我反省是净化心灵、修正观念的一种途径。人的一生中,会遇到各种抉择,权力、金钱、健康、欲望、自由、枷锁……不同的选择造就了不同的人生。在事业起步前,需树立"立身以诚为本,处事以公为先"的观念;在跌宕起伏时,得拥有"得志不得意,失意不失志"的胸怀;在旅程终了后,能得到"一生清正 后世流芳"的评价。列宁很重视名誉,坚持党性原则,有一句名言是"交情是交情,公事是公事"。

珍惜家庭。家庭是社会的缩影,也是最紧密亲近的人际圈。各种错误的后果伤害最深的就是自己的家人,会给家庭带来巨大的灾难。龚举文检察长在报告中描述,一个局长因经济犯罪进监狱后,

路 过

他年迈的老母亲再也没有回过老家,日子过得很艰辛。真是让人心痛!相反,家庭也会给个人带来影响。长辈的角色很重要,孙中山在《家属遗嘱》中嘱托儿女自爱,"余之儿女长成能自立,望各自爱,以继余志。"妻子的角色也相当重要,正如龚举文检察长的比拟,"有的妻子是站在丈夫人生十字路口的警察,而有的却成为丈夫私欲膨胀的催化剂。"

珍惜岗位。工作岗位是上天赐予的礼物,因为它凝聚着各级组织和领导的信任与关爱,也能够给自己一个提升价值、奉献社会的机会。高尔基说,走正直诚实的生活道路,必定会有一个问心无愧的归宿。相反地,如果被欲望与诱惑蒙住了双眼,丧失了工作责任心,基于利益的驱使对岗位的尊严进行践踏,必然会带来制度与法律的严惩。龚举文检察长提醒人们谨记三句话,"权力是人民赋予的;权力是用来为人民服务的;权力要受人民监督。"因此,在履职过程中,我们始终要把"执政为民 廉洁奉公"当作座右铭,切切实实珍惜职业生命。

法律是自由的边界[1]

——读《警钟》后感

《警钟》一书汇集了诸多工作人员违法违纪案例,当事人因法律意识淡薄而身陷牢狱,给人告诫,催人反思,是一本警示教育的鲜活材料。古人云:"以铜为镜,可以正衣冠;以古为镜,可以知兴替;以人为镜,可以明得失。"阅读了这些人物的血泪教训,我最大的感悟是:职业人需懂法、学法、守法,把法律作为自由行动的边界。

——敬畏法律

法律的使命,从小的方面讲是规范个人的行为与自由,从大的方面讲则是维护社会的和平与正义。制度规范行为,无私方能无畏。有人把法律的作用比喻为社会生活的工具,但伯尔曼说,不应将法律传统简单地理解为经济或政治统治的工具,还必须把它看作社会基本结构中一个重要部分。

法律圈定了自由的界限。哈耶克在《自由秩序原理》中说,"一个社会如果不承认每个人自己拥有他有资格或有权遵循的价值,就

---

[1] 本文原载于 2018 年 8 月 22 日微信公众号"阅品坊",署名:哲子。

不可能尊重个人的尊严,也不可能真正地懂得自由。"这里的"有资格或有权遵循的价值",便是所在社会的法律。一个社会的法律就是人们行为的规矩,正所谓"没有规矩,不成方圆"。

歌德说,"带来安定的是两种力量:法律和礼节。"法律是社会安定团结的润滑剂。如果《警钟》中涉及的人物对法律怀有敬畏之心,也许就不会实施违法或犯罪行为,也就不会遭遇牢狱之灾。

——知晓法律

学法是自我修养的需要。英国的威廉·布莱克斯通说,无可否认,能够懂得我们借以生活的那个社会的各项法律,乃是每一个绅士和学者应有的教养;是自由文明教育中极有用的,甚至可以说是最主要的组成部分。的确,懂法是提升自我教养的途径之一。

学法也是自我保护的需要。《警钟》一书提及的当事人,有的涉嫌滥用职权,有的涉嫌贪污罪,有的涉嫌职务侵占,有的涉嫌诈骗罪,有的涉嫌出售公民个人信息罪,他们因不懂法而亲手断送了自己的大好职业生涯,让人扼腕叹息。

"天天学法明是非,时时想法强观念"。这是某街道党工委、办事处的宣传语。法律作为社会文化的重要组成部分,可以净化心灵、构建和谐。我们要把法律作为人生必修课,天天学,时时想。

——遵守法律

学法,更要守法。"所立于下者,不废于上"。法律面前人人平等,每位公民都要做守法者。

《道德经》中说,"名与身孰亲?身与货孰多?得与亡孰病?甚爱必大费；多藏必厚亡。故知足不辱，知止不殆，可以长久。"这位智者在思考：名望和生命谁更值得亲近呢？生命与财货谁更值得赞美呢？得到与失去谁更值得担忧呢？过分爱惜名声就要付出很大耗费，过多贮藏财物一旦损失也必然巨大。所以，懂得满足就不会受到屈辱，懂得适可而止就不会遇到危险，这样才可以得到长久的平安。这句箴言告诫人们要有一颗自足的心，清静廉洁，正直守法。"公生正，廉生威"，廉洁才能凝聚力量。

当然，守法的前提是自律，一个没有定力的人势必会走向混乱。正如塞·斯迈尔顿所说："再严厉的法律也不能使浪子回头、挥霍者节俭、酒鬼清醒。"汇集鲜活教训的《警钟》一书带给读者的反思是沉重的，它正如一个巨大的警钟，长鸣在人们的心头。惩戒警示未来，正己而后正人。《警钟》提醒人们要慎独，"勿以善小而不为，勿以恶小而为之"。职业人要把法律当作一把悬在头上的达摩克利斯之剑，对其心怀敬畏、时刻牢记并遵守。

路 过

合规与守法[1]

一个单位规章制度的制定是为了促成该项事业有序平稳发展，而一个国家法律法规存在的目的是为了达成社会公平正义。卢梭有句名言，"人是生而自由的，但却无时不在枷锁之中。"这里的"枷锁"应该是指各种行为约束，包括行事的规章制度，社会的法律准则等。自由远不是为所欲为，它只因服从各种法律、规定而和谐存在。这些约束就是行为的指南，也是自由的保姆。正如洛克在《政府论》中所说，法律按其真正的含义而言与其说是限制还不如说是指导一个自由而有智慧的人去追求他的正当利益。实际上，合规与守法如影随形。

合规是守法的前提。法律总是存在于社会之中，法制不是法学家凭空设想的产物，而是人民生动鲜活实践的提炼。霍姆斯说，"法律所体现的乃是一个民族经历的诸多世纪的发展历史，因此不能认为它只包括数学教科书的规则和定理。"在工作实践中产生的规章制度都是法律制定的源头。以银行信贷工作为例，贷前调查、审查审批、贷后管理的过程中是否合规与是否合法紧密相连，违法犯罪其实离人们并不遥远，违规极有可能演变为违法。贸易融资背景调查

---

[1] 本文原载于 2019 年 8 月 13 日微信公众号"阅品坊"，署名：哲子。

不实、担保落实及押品管理不力、融资用途调查管控不到位等违反规定发放贷款会导致违法发放贷款罪；贷款收受好处会导致受贿罪、非国家工作人员受贿罪；违规出具担保、承诺会导致违规出具金融票证罪；对企业提供的资料真实性不加甄别以致借款人骗贷会导致失职罪、滥用职权罪或违法发放贷款罪；挪用本单位或客户的资金会导致挪用资金罪等等。这些突破底线、违反规定的行为是违法犯罪的起因。从这种意义上说，遵守规章制度就是在遵守法律法规。

守法是合规的延续。一是从宏观法律法规体系来看，法律包含规章制度的内容。涉贷款业务相关的法律法规体系不仅包括《商业银行法》《贷款通则》《中华人民共和国民法典》、银保监会《银行业监督管理法》《商业银行授信工作尽职指引》等法律规定，还包括总行根据国家、监管部门相关法律、法规制定的业务办法、制度、细节等。二是从微观刑事犯罪条款来看，违法基本都是违规行为的延展。涉贷款刑事犯罪有很多，如违法发放贷款罪、违规出具金融票证罪、失职罪、滥用职权罪、受贿罪、骗取贷款、票据承兑、金融票证罪、贷款诈骗罪、合同诈骗罪、挪用资金罪等，这些犯罪的暴露具有高度的不确定性，定性具有很大的灵活性，判决具有较大的裁量空间，内容基本都是违规行为的发酵。三是从内外部犯罪的关系来看，外部违法与内部违规具有很强的关联性。对于国有公司、企业、事业单位人员来讲，外部人员所犯的骗取贷款、票据承兑、金融票证罪、贷款诈骗罪、行贿罪与内部人员所犯的失职罪、滥用职权罪、受贿罪、违法发放贷款罪是密切相关的。因此，工作人员不能以习惯和信任代替制度。

富兰克林在谈到"公正"的美德时说，不做不利于人的事，不

路 过

要忘记履行对人有益而又是你应尽的义务。公正地履行工作职责是职业人的基本操守。在实践工作中,我们需常怀敬畏意识,守好合规之门,把好守法之关,对合规与守法的理念要高度重视,主动学习,精诚实践。

首先,要高度重视。法律是判断是非曲直的公器。刘禹锡在《砥石赋》中说,"石以砥焉,化钝为利;法以砥焉,化愚为智。"用砥石磨砺可以使刀化钝为利,以法制治理天下就能化愚为智,培养出贤能的人才。目前对职业过程中违规行为的处理,已经不再局限于行规行纪的处罚,而是上升到了国家刑法追究的层面。如果不依法履责,玩忽职守或滥用职权,未能采取措施避免风险发生就会导致违法。违法犯罪有很大危害,如社会公平被破坏,国有资产遭损失,所在机构声誉受损,个人职业生涯、人身自由断送。自由是个人的最高价值。卢梭在《社会契约论》中说,"我愿自由而有危险,但不愿安宁而受奴役。""天网恢恢,疏而不漏",所以,不要对违法的处罚抱侥幸心理。我们牢固树立敬畏意识,增强自我防护能力。只有从思想上真正重视了,才能做到心有所畏、行有所止。

其次,要主动学习。刑法学中有句格言,即"不知法律不免责",意思是,在作为主观的犯罪成立要件的犯意中,不要求认识到自己行为的违法性。意大利刑法学鼻祖贝卡里亚也说,"了解和掌握法律的人越多,犯罪就越少。"学好规定,才能用好规定。牢固树立合规意识,主动加强业务学习,切实掌握有关贷款法律、法规、制度、办法,严格合法依规办理业务。我们既要学习《中华人民共和国商业银行法》《贷款通则》《民法典》等相关法律,也要学习国务院、发改委、财政部等部门制定的相关行政法规,以及人民银行、银保监会制定的银行监管政策法规，还要学习总行信贷业务流程、制度、办法、规章、制度等。只有系统学习并掌握国家法律、监管机构信贷业务监管规定和单位内部规章制度，我们才能牢固树立依法合规办事的法律意识和责任意识，守住合规操作底线，确保工作履职尽责。

最后，要精诚实践。伯利克里说，"在我们私人生活中，我们是自由的和宽恕的；但是在公家的事务中，我们遵守法律。"认识与学习的落脚点归根到底是付诸实践。笔者认为，工作者精诚实践需具备三项要求。第一，品行正直。有利益的地方就有犯人。正如托马斯·莫尔所说，"徇私与贪利这两个弊病，一旦支配了人们的判断，便立刻破坏一切公正，而公正是一个国家的力量源泉。"摆正观念，无欲则刚。如果宽恕犯罪行为，自己就是罪人。第二，头脑明智。对于银行信贷人员而言，要熟悉信贷政策，掌握贸易融资、项目贷款、流动资金贷款等各业务品种的风险，也要学习法律制度、财务报表、企业管理等关联知识，从技术层面在蛛丝马迹中识别造假痕迹。不能只重形式合规，而忽视实质风险。第三，作风严谨。工作需严密细致，善于从细节中发现问题。例如，从首付款等资料的合规性中判断真伪，从销售合同、企业的原材料出入库情况考量交易背景，从账户流水察看第一还款来源。

古罗马"十二铜表法"的结语中说："人民的幸福即是最高的法律。"我们需不忘初心，牢记使命，永远不要停止思考，永远不要丧失自我独立判断。培根对法官执业提出了评价标准，应当"学问多于机智，尊严多于一般的欢心，谨慎超过于自信"。我想这些要求也适合于其他所有的行业，即勤学笃定，遵规守法，严谨细致。在实际工作中，我们职业人需把纪律挺在前面，把戒尺摆在桌上，严守

路　过

底线不动摇，严控风险不手软，为社会的公正和人民的幸福尽到自己应有的义务。

后 记

弹指一挥间,我的写作经历已跨过近十年光阴。"梨花院落溶溶月,柳絮池塘淡淡风"。近期偶得闲时,我将岁月中形成的一些典型的作品汇集成此书《路过》。回顾这段写作历程,我觉得自己在孤独中丰富,在矛盾中综合,在千锤百炼中得以淬生。

大自然是最好的老师,教会了我珍贵的道理。孤独的险境并不是甘于平凡的借口。比如,一棵爆竹柳独自矗立在瓦纳卡湖中央,被誉为新西兰最孤独的一棵树。一位摄影师曾先后 11 次前往新西兰,拍摄这"瓦纳卡之树"。对于这棵树而言,它的生长环境过于特殊,从一开始就恶劣——其根部经常被冷水淹没,生长非常缓慢,导致受损区域很难再生。但是,迄今为止,它已顽强存活了至少 83 年,还活得美轮美奂。再如,一种名叫"梭沙韭"的紫红色小花。它可能是地球上最接近天堂的韭菜,可以分布到海拔 4600 米,甚至更高的高度。每当短暂急促的风雨过后,流石滩上的梭沙韭在湛蓝的天空下俯首绽放,流露着温柔,也彰显着倔强。"作家要坐得住冷板凳。"我一直记得一位前辈说的这句话。我想,这位前辈是在提醒我们,写作者要学会与孤独相处,自律并提升。

时而在严肃的学识中理性思考,时而又被生活的细微所感动。

路　过

这是我碰到的写作心理的两面。其实，矛盾是生活的常态。古希腊哲学家赫拉克利特把对立统一看作事物运动变化所遵循的必然规律，他明确表示，对立的状态或相反的性质导致了和谐，相反者才能相成。"互相排斥的东西结合在一起，不同的音调造成最美的和谐，一切都是斗争所产生的。"他还言简意赅地写道："疾病使健康舒服，坏使好舒服，饿使饱舒服，疲劳使休息舒服。"英国诗人西格里夫·萨松代表作《于我，过去，现在以及未来》有经典诗句"心有猛虎，细嗅蔷薇"，表现人性中阳刚与阴柔的两面。偶然，我看见一个身着白色舞裙的女孩儿，在与舞伴做拉伸动作时，手臂上肢竟然呈现出了强健的肌肉。这是力与美的结合，就像写作者思想的刚与柔一样。我一直在追求，在写作中从不同角度梳理事件，从而更好地理解生活。"我们经过水火，你却使我们到丰富之地。"

一次，有人千里迢迢来找我，对我说："我想听听你的故事。"我当时没有回应，因为我不知道从何说起。现在，我大概可以作答了：去看《路过》这本书吧，它记录了我路过的人、路过的事、路过的心情，在那些上下求索的蛛丝马迹中，在那些迂迂回回的灵魂叩问里，你也许会了解某个视角的我。虽然这些作品或真或幻，但都是我对世界的一种思考与态度，是我的一部分。但我想说的是，每个人都在经历着改变自身的故事，不能仅凭某个不期而遇的片段来评价一个人。加布瑞埃拉·泽文在《岛上书店》说，"我们在二十岁有共鸣的东西到了四十岁的时候不一定能产生共鸣，反之亦然。书本如此，生活如此。"同样，写作也是需要阅历的，就像《神曲》开篇所说：

后 记

人生半征程，
迷路陷密林。
歧路已远离，
正道难寻觅。

密林暗且阴。
浓密又荒僻，
言语难表述，
内心存余悸。

　　写作领土是纯粹的，用作品说话是重要的标准。黑格尔说："运伟大之思者，必行伟大之迷途。"在路上，文字已然深入我心。我信仰她，理解她。随笔集《路过》的诞生当然不是我的写作之路的结束，而是一个开始，一个重新打磨生活和文字的开始。以后，我还会认真地想，忠诚地写，不敢有怠慢，就像藤本植物缠绕着高大的树木，向上生长。希望自己在旅程结束时能坦荡地总结："那美好的仗我已经打过了，当跑的路我已经跑尽了。"

　　最后，我想感谢中国作家协会全国委员会委员、中国金融文联副主席、中国金融作协主席阎雪君为本书作序，感谢湖北金融作协创联组负责人甘绍群、我的前辈同事丁安国等人对本人给予的帮助，感谢我的家人对我的写作爱好一如既往地支持！大家对我的关心与鼓励是我在文学之路上行稳致远的动力！